folio
junior

Jacqueline Wilson

Poisson d'avril

Illustrations de Nick Sharratt

Traduit de l'anglais
par Olivier de Broca

FOLIO JUNIOR/**GALLIMARD** JEUNESSE

A Emily Eaves

Et si on commençait par un happy end ?

Je suis assise bien au chaud, j'attends. Je ne peux pas manger, j'ai la gorge trop sèche pour avaler quoi que ce soit. J'essaie de boire une gorgée d'eau. Mes dents heurtent le bord du verre. Ma main tremble. Je repose doucement le verre et je ferme les poings. Je les serre si fort que mes ongles s'enfoncent dans la chair. J'ai besoin de sentir mon corps. J'ai besoin de savoir que je suis en prise avec la réalité.

Les gens me regardent, se demandent pourquoi je suis toute seule. Mais plus pour longtemps.

S'il te plaît, viens.

Je t'en supplie.

Sur la vitre, j'aperçois le pâle reflet de mon visage. Et soudain une ombre apparaît. Quelqu'un croise mon regard. Et me sourit.

Je lui souris aussi, malgré les larmes qui noient mes yeux. Pourquoi faut-il toujours que je pleure ? Je m'essuie le visage avec une serviette en papier. Quand je relève la tête, la fenêtre est vide.

– Avril ?

Je sursaute. Je lève les yeux.

– Avril, c'est toi ?

Je hoche la tête, toujours en larmes. Je me lève maladroitement. Nous échangeons un long regard, puis nous nous tombons dans les bras, alors que nous ne nous connaissons pas.

– Joyeux anniversaire !

– C'est le plus bel anniversaire de ma vie.

C'est presque fini – et pourtant ça ne fait que commencer.

Chapitre 1

Je déteste mes anniversaires. Mais je ne le dis à personne. Cathy et Hannah croiraient que je suis folle. Et je fais tellement d'efforts pour qu'elles restent mes amies. Au point que je finis par les imiter.

Je ne parle pas de ma façon de crier « Cool ! » comme Cathy ou de danser la tête rentrée dans les épaules comme Hannah. Tout le monde emprunte des tics à ses amis. Mais il m'arrive de dépasser les bornes. Je me suis mise à lire les mêmes livres que Cathy, jusqu'au jour où elle s'en est aperçue.

– Tu ne peux pas choisir seule, Avril ? Il faut toujours que tu copies sur moi ?

– Pardon, Cathy.

Hannah aussi s'est énervée quand je me suis coiffée exactement comme elle, en achetant les mêmes barrettes, les mêmes chouchous, les mêmes perles.

– Avril, tu m'as piqué ma coiffure.

Et elle m'a tiré une tresse.

– Désolée, Hannah.

Elles poussent de gros soupirs chaque fois que je leur demande pardon.

– Tu n'as pas à t'excuser avec nous, a dit Cathy.

– Nous sommes tes amies, a renchéri Hannah.

C'est vrai, elles sont mes amies et je veux à tout prix qu'elles le restent. C'est la première fois que j'ai des copines aussi gentilles et normales. Moi aussi, elles me trouvent gentille et normale, à part quelques petites manies. Et je vais faire tout mon possible pour que ça continue. Je ne leur parlerai jamais de mon passé. Je serais morte de honte si elles apprenaient la vérité.

J'ai tellement pris l'habitude de dissimuler mes sentiments que je n'en ai même plus conscience. Je suis une actrice de cinéma. Et j'ai joué des tas de rôles. Parfois, je me demande s'il me reste encore un vrai moi. Non, mon vrai moi, c'est bien celui-là, Avril Fontaine, quatorze ans aujourd'hui.

Je ne sais pas comment je vais tenir le coup.

C'est le jour de l'année où j'ai le plus de mal à jouer la comédie.

La semaine dernière, Marion m'a demandé si j'avais envie de faire quelque chose de particulier. Je me suis contentée de secouer la tête, mais avec une telle force que mes cheveux ont fouetté mon visage.

Pour son quatorzième anniversaire, Cathy nous avait invitées à dormir chez elle. On a regardé des films d'horreur et un autre un peu osé qui nous a fait piquer un fou rire et nous a dégoûtées du sexe pour la vie.

Hannah a organisé une vraie fête, une soirée dans une salle paroissiale, avec des guirlandes électriques et des bougies pour l'ambiance. Il y avait même des garçons, mais seulement le frère de Hannah, ses amis et quelques imbéciles de notre classe. Mais c'était bien quand même.

J'ai adoré l'anniversaire de Cathy. J'ai adoré l'anniversaire de Hannah. C'est le mien que je ne supporte pas. Vivement que ce soit passé.

– Tu es sûre que tu ne veux pas faire une petite fête ? m'a demandé Marion.

Je vois d'ici le genre de fête que pourrait organiser Marion. Avec des devinettes, des jeux idiots, des jus de fruits et des petites saucisses plantées sur des cure-dents, comme à l'époque très lointaine où elle avait mon âge.

Peut-être que je suis méchante.

J'en ai marre d'être gentille.

Marre d'elle.

Je suis horrible. Après tout, elle fait de son mieux.

– On pourrait aller au restaurant rien que nous deux, toi et moi ? a-t-elle proposé.

Tu parles d'une partie de plaisir.

– Non, c'est mon anniversaire, on ne va pas en faire tout un plat, ai-je bâillé, comme si le sujet m'ennuyait prodigieusement.

Marion n'a pas été dupe.

– Je sais que c'est un jour difficile pour toi, a-t-elle dit d'une voix douce.

– Non, ça va. Simplement, je ne veux pas que tu te mettes en quatre pour ça.

Elle a hoché la tête. Puis elle m'a jeté un regard en biais.

– Mais un petit cadeau ne serait pas de trop, j'imagine ?

– J'aime bien les cadeaux, j'ai dit, sortant soudain de ma bouderie.

Je l'ai regardée, pleine d'espoir. J'avais fait suffisamment d'allusions sur ce que je voulais.

– Qu'est-ce que tu vas m'offrir ?

– Tu verras bien.

– Donne-moi un indice, s'il te plaît !

– Pas question.

– Allez ! C'est un... ? Un... ?

J'ai collé ma main à mon oreille.

– Il va falloir patienter un peu, a dit Marion avec un large sourire.

Je suis sûre d'avoir deviné. Même si elle n'arrête pas de râler et de pester contre ces « engins de malheur ».

Marion me réveille en m'apportant mon petit déjeuner d'anniversaire au lit. D'habitude, je me fiche du petit déjeuner mais, là, je m'assieds et j'essaie de prendre un air enthousiaste. Elle a versé beaucoup trop de lait sur mes corn flakes, mais elle y a ajouté des fraises et elle a mis des iris dans une flûte à champagne, assortis au motif chinois de mon bol. Sur le plateau, il y a un paquet-cadeau, rectangulaire, juste de la bonne taille.

– Oh, Marion ! dis-je en me penchant, comme pour l'embrasser.

Le plateau s'incline et je renverse du lait sur les draps.

– Attention ! s'exclame-t-elle en s'emparant du paquet pour éviter qu'il soit éclaboussé.

– Hé, c'est à moi !

Je le lui reprends. Il me paraît un peu léger. Peut-être que c'est un nouveau modèle minuscule et tout mignon. Je défais le ruban et déchire l'emballage. Aussitôt, machinalement, Marion lisse le papier et enroule soigneusement le ruban autour de son doigt. Je soulève le couvercle de la boîte en carton… et je tombe sur une autre boîte, plus petite. J'ouvre le deuxième couvercle, et il y a encore une boîte à l'intérieur. Trop petite, c'est sûr.

Je me souviens, quand j'étais à Sunnybank, quelqu'un avait fait une blague du même genre à un enfant. Le pauvre avait ouvert les boîtes les unes après les autres, comme des poupées russes. A la fin, il n'y avait rien du tout et tout le monde a éclaté de rire. Moi aussi, j'ai ri, alors que j'avais envie de pleurer.

– Allez, ouvre, dit Marion.

– C'est une blague ?

Elle ne me jouerait pas un tour pareil, quand même ?

– Je ne voulais pas que tu devines tout de suite ce que c'était. Mais je crois que tu as compris. Allez, ouvre.

J'ouvre. C'est la dernière boîte. Il y a bien un cadeau à l'intérieur. Mais ce n'est pas celui que je voulais !

– Des boucles d'oreilles !

– Elles te plaisent ? Ce sont des pierres de lune. Bleues. Je me suis dit que ça mettrait en valeur tes yeux.

Je l'entends à peine. Je suis atrocement déçue. J'étais persuadée qu'elle allait m'offrir un

14

téléphone portable. Elle a souri quand j'ai fait le geste… Et soudain, je comprends : elle a cru que je lui montrais mes lobes récemment percés.

Ces boucles sont une sorte de calumet de la paix. Parce qu'elle a fait toute une histoire quand Cathy et Hannah m'ont entraînée pour me faire percer les oreilles chez Claire Accessoires, un samedi. A sa façon de monter sur ses grands chevaux, on aurait dit que je m'étais fait percer la langue.

– Qu'est-ce qu'il y a ? Tu n'aimes pas les pierres de lune ?

– Si. Elles sont très jolies. C'est juste que…

Je ne peux plus me contenir.

– Je croyais que c'était un portable.

Marion me jette un regard noir.

– Oh, Avril ! Tu sais bien ce que je pense de ces appareils !

Ça, oui, je le sais. Elle n'arrête pas de radoter à propos de ces stupides tumeurs du cerveau et de la « nuisance sociale ». Qu'est-ce que ça peut me faire, à moi ? Je veux juste avoir mon portable, comme toutes les filles de mon âge. Cathy en a eu un pour ses quatorze ans. Hannah en a eu un pour ses quatorze ans. Toutes les filles du monde ont un portable à quatorze ans, ou même avant. Toutes les filles en classe de troisième. Et la plupart des quatrièmes.

J'ai l'impression d'être la seule coupée du monde, privée de moyens de communication. Je ne peux pas bavarder, ni envoyer des textos rigolos, ni recevoir des appels de mes copines.

Je ne fais pas partie de la bande. Je ne suis pas comme les autres.

Comme d'habitude.

– Je voulais un portable ! dis-je en pleurnichant.

– Oh, Avril, pour l'amour du ciel, tu sais très bien que ces engins m'horripilent !

– Pas moi !

– C'est une invention ridicule : ces sonneries grotesques qui se déclenchent n'importe où, et ces abrutis qui crient : « Allô, je suis dans le bus ! » On s'en fiche complètement !

– Pas moi ! Je veux rester en contact avec mes amies.

– Ne dis pas de sottises. Tu les vois tous les jours.

– Cathy envoie tout le temps des messages à Hannah et elle lui répond et elles rigolent entre elles. Moi, je suis exclue, parce que je n'ai pas de portable.

– Eh bien, il va falloir te faire une raison, Avril. Je t'ai déjà dit que…

– Oh, ça va, tu me l'as assez répété.

– Ne prends pas ce ton avec moi, s'il te plaît, c'est très agaçant.

– Je n'y peux rien si tu me trouves agaçante. Je ne vois pas ce qu'il y a de si catastrophique à vouloir un portable : tous les adolescents du monde en ont et leurs parents n'en font pas un drame.

– Ne sois pas ridicule.

– Pourquoi ridicule ? Je veux être comme mes amies, c'est tout. Cathy a un portable. Hannah a un portable. Pourquoi je ne peux pas en avoir un, moi ?

– Je viens de te l'expliquer.

– Ah oui ? Eh bien j'en ai marre que tu me dictes ma conduite. D'abord qui tu es pour me donner des ordres ? Tu n'es même pas ma mère.

– Écoute, j'essaie…

– Mais je ne veux pas !

Les mots sont sortis tous seuls. Un silence s'abat soudain sur la pièce.

Je ne le pensais pas vraiment.

Oh, et puis si.

Marion se laisse tomber lourdement sur le coin de mon lit. Je baisse la tête vers mon plateau, les yeux fixés sur les pierres de lune bleues.

Je pourrais demander pardon. Je pourrais lui dire un mot gentil. Ou bien manger mes corn flakes. Je pourrais accrocher les boucles à mes oreilles, embrasser Marion et lui dire que j'adore son cadeau.

N'empêche, j'aurais préféré un portable. Je ne vois pas le problème. Franchement, un portable ! Elle veut me couper de tout le monde ?

Elle veut peut-être me garder pour elle toute seule. Eh bien, moi, je ne veux pas d'elle.

Je me lève, je laisse là mon petit déjeuner, je vais à la salle de bains et je lui ferme la porte au nez. Je voudrais la faire disparaître de ma vie. Et ne jamais porter ces affreuses pierres de lune. Je m'intéressais aux boucles d'oreilles il y a des mois, quand je me suis fait percer les deux lobes. Elle ne peut pas suivre un peu ? J'en ai par-dessus la tête, elle ne comprend jamais rien à rien.

Je fais ma toilette. Je m'habille. Marion est descendue. J'aimerais pouvoir filer en douce. Pourquoi est-ce que je devrais me sentir coupable ? Ce n'est pas ma faute. Après tout, je ne lui ai pas demandé de s'occuper de moi. Pas question que je porte ses boucles d'oreilles. Je n'en veux pas, de ses trucs de pacotille. J'en ai marre de penser à Marion, marre de toujours faire attention à ne pas la vexer.

Elle est courbée en deux sur le perron en train de ramasser le courrier. Mon cœur fait un bond. Il y a trois cartes d'anniversaire – mais pas celle que j'attends. Bêtement d'ailleurs, parce qu'elle n'a pas mon adresse. Elle ne connaît peut-être même pas mon nom. Comment pourrait-elle me trouver ?

Marion me regarde avec compassion. Ça m'exaspère encore plus.

– Avril, je sais que ce n'est pas facile pour toi. Je comprends.

– Non, tu ne comprends rien !

Elle colle ses lèvres l'une contre l'autre, si serrées qu'elles disparaissent presque. Puis elle souffle bruyamment par le nez, comme un cheval.

– D'accord, c'est un jour pénible pour toi, mais inutile de t'en prendre à moi. Tu te conduis comme une petite peste. Tu ne m'as même pas remerciée pour les boucles d'oreilles.

– Merci !

Le mot est sorti de manière encore plus abrupte que prévu. Je sens des larmes de remords me piquer les yeux. Je ne veux pas lui faire de mal.

Oh, et puis si.

– J'en ai assez de dire tout le temps s'il te plaît et merci et de jouer les petites filles modèles. Je n'ai pas envie de te ressembler. Je veux être moi.

Je franchis la porte et je lui passe devant, direction l'école. Sans lui dire au revoir.

Je ne veux plus penser à Marion parce que ça me déprime. Je vais la murer au fond de mon cerveau. Elle ira rejoindre tous ceux qui sont entassés là-bas, dans le noir.

J'essaie de penser à moi. J'ai du mal à être moi-même quand je suis seule. Je ne sais pas qui je suis.

Il n'y a qu'une seule personne capable de me le dire et elle n'a aucun moyen de me contacter.

Je réfléchis un moment.

Puis j'entre dans le kiosque à journaux au coin de la rue. Raj me sourit.

– Bonjour, Avril.

Je passe sans un regard les tablettes de chocolat, les chips, les boissons. Je m'arrête devant l'étalage de journaux. Le *Times*. C'est celui où il y a les petites annonces. Une fois, en cours, nous nous sommes partagé les rubriques et il fallait analyser chaque page.

Je ne peux pas feuilleter le journal sur place. Raj a collé de petits écriteaux sur les étagères : « Ceci n'est pas une bibliothèque », « Le regarder, c'est l'acheter ».

Va pour l'acheter. Raj fait la grimace.

– Alors, on vire intello, Avril ?

– C'est ça.

– C'est une blague, pas vrai ? Un poisson d'avril ?

– Non, je le prends.

– Vous, les jeunes ! dit-il, comme si j'étais en train de lui monter un canular.

Il ne peut pas le savoir, mais je ne fais jamais de poissons d'avril. Pas de corbeille à papier en équilibre au-dessus des portes, pas de punaises sur les chaises, pas de poissons en papier collés dans le dos. Le jour de mon anniversaire, j'ai toujours l'impression que quelque chose va réellement me tomber sur le coin de la figure ou que quelqu'un va me faire une grosse surprise. J'aimerais bien que ça arrive en fait.

Je paie le journal. D'un air soupçonneux, Raj vérifie que les pièces ne sont pas en chocolat. Je l'ai bien eu. L'astuce, c'est qu'il n'y a pas d'astuce.

Il n'y a pas non plus de message. Je m'adosse au mur devant le kiosque et je me bagarre avec les grandes pages du journal. Avril est un mois venteux. J'aurais voulu naître à une autre période de l'année. Vous parlez d'une veine : le jour du poisson d'avril. La bonne blague !

D'ailleurs, certaines petites annonces ont l'air de blagues codées. Elles ne signifient rien pour moi. Aucun signe d'elle. Pas de « Joyeux anniversaire, je pense à toi en ce 1er avril. » Est-ce qu'elle pense seulement à moi ? En tout cas, moi, je pense beaucoup à elle. Bien sûr, je ne sais pas à quoi elle ressemble. Mais je peux imaginer.

En cours d'histoire, chaque fois qu'on doit s'imaginer dans la peau d'un centurion romain, d'une reine Tudor ou d'un gamin de Londres sous les bombardements, je n'ai aucun mal à tartiner des pages entières, et Mme Hunter me met toujours d'excellentes notes. Même si, emportée par mon élan, j'en oublie la ponctuation et l'orthographe.

Je suis heureuse dans ce collège. Tout se passe bien. J'ai rattrapé mon retard. Ce n'est pas comme dans les autres écoles où les professeurs me prenaient pour une demeurée ou une folle. Ils étaient tous au courant de mon histoire et ils chuchotaient entre eux ou haussaient les sourcils, pendant que les élèves se moquaient de moi et me donnaient des surnoms idiots. Oh, là, là ! C'est tellement triste, sortez les violons : la pauvre petite !

Je ne suis pas pauvre, mais je suis petite. Au collège, personne ne sait rien de mon passé. Je suis juste Avril, une élève de troisième, on me connaît comme la fille aux longs cheveux, qui est toujours fourrée avec Cathy et Hannah. Personne ne me trouve bizarre, même si on me taquine un peu parce que j'ai la larme facile. L'autre jour, j'ai pleuré en classe quand on nous a parlé des enfants de réfugiés, séparés de leurs parents. J'en pleurais encore à l'heure de la récréation. Cathy a passé un bras sur mes épaules et Hannah m'essuyait les yeux avec un mouchoir en papier quand un professeur qui passait par là a demandé si j'étais malade.

– Non, elle est comme ça, Avril, elle pleure tout le temps, a dit Hannah.

– D'ailleurs, on l'appelle Avril Fontaine.

C'est devenu mon surnom. C'est déjà mieux que Poisson d'avril.

Et cent fois mieux que Bébé-poubelle.

Bébé-poubelle, c'est mon vrai moi. On en a même parlé dans la presse. Dans un sens, c'est un titre de gloire : tout le monde ne fait pas la une des journaux le jour de sa naissance. D'un autre côté, on n'est pas nombreux à avoir été balancés aux ordures comme un vulgaire détritus. Un seul regard et « Oh, pas question, je n'en veux pas de cette mioche, jetons-la vite à la poubelle. »

Drôle de berceau. Une boîte de pizza pour oreiller, de vieux journaux comme couverture et des serviettes en papier sales en guise de matelas.

Quel genre de mère peut jeter son propre bébé dans une poubelle ?

Non, je suis injuste. Je ne pense pas qu'elle ait agi ainsi parce que ma vue lui faisait horreur. Elle était sans doute terrorisée. Peut-être que personne n'était au courant de sa grossesse et qu'elle n'a pas osé en parler ?

Imagine, Avril.

Pourquoi ne veut-elle pas de moi ? Elle est toute seule. Elle ne peut pas s'occuper d'un bébé. Elle est très jeune, impossible de me garder.

Quand viennent les premières douleurs, elle ne sait pas quoi faire. Elle est peut-être encore au lycée. Elle se tient le ventre, le souffle coupé, et sa voisine lui demande ce qui ne va pas. Elle ne peut pas lui répondre : « Oh, ce n'est rien, j'attends un bébé et c'est l'enfer. » Alors elle se contente de secouer la tête et d'invoquer une indigestion. Ou bien elle invente que c'est à cause de ses règles. Si ça se trouve, elle le croit vraiment ! Elle ne sait peut-être même pas qu'elle est enceinte ?

Si, elle le sait, au fond d'elle-même, mais ça la paralyse tellement qu'elle préfère ne pas y songer. Elle n'a rien prévu, pour la bonne raison qu'elle est incapable de faire face à la situation. Et tandis que je me débats pour sortir de son ventre, elle n'arrive pas encore à se persuader de mon existence.

Cela lui paraît trop invraisemblable, assise là sur les bancs de l'école. Je me demande quelle matière elle préfère. L'histoire, comme moi ? Est-ce qu'elle est intelligente ? Est-ce qu'elle a beaucoup d'amis ? Sans doute que non. En tout cas, pas d'amie proche à qui se confier. Elle est peut-être un peu enveloppée et personne n'a remarqué qu'elle avait pris du poids. Pendant des semaines, elle a porté des joggings très larges, elle a séché la gym et on n'y a vu que du feu.

Mais chez elle ? Ses parents ?

Peut-être que sa mère ne se soucie pas beaucoup d'elle. Ou bien elle a peur de son père. Alors elle a préféré se taire. Elle se sent seule dans sa propre maison.

C'est sûrement ainsi que ça s'est passé. Elle n'est pas comme ces filles délurées qui couchent à droite et à gauche. Elle est timide et réservée. Elle n'a pas beaucoup de succès avec les garçons, mais il y a quelque temps – bon, d'accord, neuf mois – elle faisait tapisserie dans une fête, occupée à inventer une excuse pour s'éclipser de bonne heure, quand un garçon qu'elle n'avait jamais vu s'est assis à côté d'elle et lui a parlé comme s'il voulait sincèrement faire sa connaissance.

A cause de la musique, ils peuvent à peine s'entendre alors ils vont dans la cuisine où ils boivent quelques verres. Elle n'a pas l'habitude, jusqu'à présent elle n'a bu qu'une ou deux canettes de bière, peut-être un peu de vin, et elle n'a pas aimé le goût de l'alcool mais, ce soir-là, elle sirote une boisson sucrée, avec des morceaux de fruits qui nagent à la surface, ça descend comme du petit lait et elle se sent bien. La compagnie de ce garçon la réconforte. Il lui prend la main, leurs têtes se rapprochent, ils boivent encore un verre, puis un autre. Comme il y a trop de monde, ils emportent leurs verres dans le jardin.

Il régnait une telle chaleur dans cette cuisine qu'elle a l'impression d'avoir les joues en feu, aussi rouges que la sangria, mais dehors il fait frais et elle se met à frissonner. Il passe un bras autour de ses épaules pour la réchauffer.

– Tu crois au coup de foudre ? demande-t-il.

Et il l'embrasse. Elle ne peut pas croire que ça lui arrive enfin. C'est trop beau, trop parfait, mais soudain les choses se précipitent. Que fait-il ? Non, elle ne veut pas, non pas ça, s'il te plaît, non.

– Allez, s'il te plaît, murmure-t-il, tu en as envie. Je t'aime.

C'est la première fois qu'un garçon lui dit « Je t'aime », alors elle le laisse faire et quand il a fini, il s'en va, la laissant seule, étendue sur la pelouse.

Quand elle sèche enfin ses larmes, elle ne le retrouve pas à son côté, elle remet de l'ordre dans ses vêtements et regagne la cuisine. Elle le cherche dans toutes les pièces. Elle demande si on l'a vu. Il s'appelle…

Je ne sais pas comment il s'appelle. Elle l'ignore peut-être aussi. De toute façon, il a disparu. Alors elle rentre à la maison et éclate en sanglots sur son lit. Le lendemain matin, au réveil, elle a l'impression d'avoir rêvé. Elle n'est pas sûre que ça lui soit vraiment arrivé.

Pourtant elle ne l'oublie pas. Elle pense à lui toute la journée et la nuit suivante, mais il cesse bientôt d'être une personne réelle. Il devient une sorte de rock star, un produit de son imagination.

Elle ne pense pas aux bébés. On ne tombe pas enceinte parce qu'on rêve trop fort ou qu'on fantasme sur un chanteur. Mais les semaines passent. Puis les mois. Elle sent bien que son corps connaît toutes sortes de transformations mais elle s'obstine à les ignorer. Chaque fois qu'une pensée trop

inquiétante lui traverse l'esprit, elle la chasse en fre-
donnant sa chanson préférée. Non, ça ne peut pas
être vrai. Une chose pareille ne peut pas lui arriver.

Et pourtant si. Le 1er avril, elle ne tient plus sur
sa chaise. Elle a peur d'avoir un malaise en pleine
classe, alors elle se lève péniblement et dit au professeur qu'elle se sent mal. Elle est tellement livide
que celui-ci lui conseille de rentrer chez elle.

Mais elle ne rentre pas. Sa mère sera vautrée
sur le sofa devant la télévision. Elle ne sait pas où
aller. La douleur augmente, elle ne se limite plus
au ventre, elle s'empare de tout son corps, au
point que, dans le bus, elle est incapable de rester
sans bouger sur son siège. Elle ne peut contenir
des gémissements. Alors elle descend avant son
arrêt habituel et vomit dans le caniveau.

Elle se demande si c'est la raison de son mal,
une simple nausée, mais la douleur est toujours là,
elle grandit de minute en minute, lui remuant les
tripes de manière intolérable. Est-ce que ça pourrait être le ver solitaire ? Les gens l'observent. Elle
s'éloigne péniblement, se dirige vers les toilettes
pour femmes du centre commercial. Là, elle s'enferme et peut gémir tout son saoul, mais elle entend
des chuchotements et bientôt on frappe à la porte.

– Ça ne va pas, là-dedans ?

Elle ne répond pas, espérant que les curieuses
vont s'en aller, mais elles continuent de frapper.

Elle entend un bruit de clés. Elles vont faire irruption d'une seconde à l'autre.

– J'ai mal au ventre, hoquette-t-elle.

– Vous voulez que j'appelle l'infirmière du centre ?

– Non ! Non, ça va mieux maintenant, je sors.

Elle inspire un grand coup, en priant pour que la douleur se taise un instant, puis elle ouvre le battant, passe devant leurs visages hébétés, quitte les toilettes en traînant la jambe, cherche un endroit, n'importe lequel, pour être seule.

Elle titube à travers le centre commercial, prend la sortie derrière le cinéma. Elle se dirige vers d'autres toilettes, là-bas elle sera tranquille. C'est au bout de la ruelle, à côté de la pizzeria. Il faut qu'elle y arrive, même si elle peut à peine mettre un pied devant l'autre. Elle ne veut plus qu'une chose, expulser ce ver solitaire.

Les toilettes sont fermées à clé. Elle n'a nulle part où aller. Il est trop tard. Elle ne peut plus attendre, ça vient, elle le sent. Elle s'accroupit derrière les poubelles de la pizzeria, elle enlève sa culotte, pousse, pousse, pousse – et soudain je suis née, dans un jet chaud et visqueux.

Elle me tient dans ses mains, je ne ressemble pas à ces jolis poupons roses et poudrés qu'on voit dans les publicités. Je suis un nouveau-né, violet comme une prune, tout gluant et bizarre. Je ne suis toujours pas réelle. Je suis une extra-terrestre attachée à son corps.

Est-ce que je pleure ?

Elle sanglote sans doute sous le choc, tout en farfouillant dans son cartable. Elle trouve un canif, coupe ce cordon qui l'effraie et nous sépare.

Nous sépare pour la vie.

Elle me regarde.

Je la regarde.

Si seulement je pouvais me rappeler son visage.

J'ai beau écarquiller les yeux, je suis aveuglée par la lumière de ce monde tout neuf.

Ses mains me soutiennent.

Elle me soulève.

Elle ne me serre pas contre sa poitrine. D'une main, elle ouvre une poubelle et me jette dedans.

Puis le couvercle se referme.

Il fait noir.

Je l'ai perdue pour toujours.

Chapitre 2

Et me voilà. Dans la poubelle, au milieu des ténèbres.

Qu'est-ce que je fais ?

Je pleure, bien sûr. Après tout, je suis Avril Fontaine.

J'ai la bouche grande comme une fraise Tagada et des poumons de la taille d'une cuiller à café, mais je me donne à fond. Je crie, je vagis et je hurle, le visage tout fripé, les genoux contre la poitrine, les poings brassant l'air.

Mais le couvercle fermé étouffe mes bêlements. De toute façon, qui pourrait les entendre ? Elle est partie. Et personne ne vient plus dans cette ruelle depuis que les toilettes sont condamnées.

Je ne renonce pas. Je pleure jusqu'à devenir rouge comme une framboise, les veines du crâne gonflées, les mèches de cheveux collées au front. Mes jambes sont trempées parce que je n'ai pas de couche. Je ne porte aucun vêtement et si j'arrête de m'agiter, je risque de mourir de froid.

Je pleure mais elle ne reviendra pas. Je pleure mais j'ai mal à la gorge. Je pleure mais mes yeux se ferment. Je suis si fatiguée que j'ai envie d'abandonner et de dormir. Mais non, je ne renonce pas. Je pleure…

Et le couvercle bouge.

— Minou ? Tu es coincé ? Attends, je vais te sortir de là.

Soudain, la lumière. Une tache rose. Un visage. Pas le sien. Celui d'un homme. Plutôt un jeune garçon. Frankie. Il travaille à la pizzeria le soir pour payer ses études à l'université. Je n'en sais rien encore, bien sûr. Pour moi, il n'est qu'un inconnu, et j'appelle désespérément au secours.

— Un bébé !

Sous le coup de la surprise, il fait un bond en arrière comme si j'allais le mordre. Il lâche les sacs-poubelle qu'il apportait des cuisines. Il secoue la tête comme s'il n'en croyait pas ses yeux, m'enfonce un doigt dans les côtes pour s'assurer qu'il ne rêve pas…

– Pauvre petit bout !

Ses mains me saisissent, tendres et maladroites. Il me soulève et me regarde.

Elle aussi m'a regardée. Je m'attends à ce qu'il me rejette aussi sec dans la poubelle. Mais il me glisse délicatement sous sa chemise, bien que je sois sale et toute mouillée.

– Là, là, répète-t-il en me berçant.

Puis il regagne les cuisines d'un pas pressé, le ventre rond comme celui d'un buveur de bière.

– Qu'est-ce que tu tiens là, Frankie ? demande l'une des cuisinières.

Alice. Elle a l'âge de sa mère mais ils sont amis.

– Un bébé, répond-il à voix basse pour ne pas m'effrayer, malgré le fracas des casseroles qui retentit dans la cuisine.

– Bien sûr, dit-elle. Allez, qu'est-ce que c'est ? Quelqu'un a jeté une poupée à la poubelle ?

– Tiens, regarde, dit Frankie.

Il se penche pour qu'elle puisse voir sous sa chemise.

– Oh mon Dieu ! s'écrie Alice, si fort que tout le monde accourt.

On s'extasie, on me touche du doigt.

– Arrêtez ! s'écrie Frankie. Vous allez lui faire peur. Je crois qu'elle a faim. Regardez sa petite bouche. On dirait qu'elle cherche à attraper quelque chose.

– Quelque chose que tu n'as pas, Frankie !

– Si on lui donnait du lait ? On n'a qu'à lui réchauffer un peu de lait.

– Elle est trop petite, dit Alice. Elle vient tout juste de naître. Il vaudrait mieux appeler une ambulance. Et la police.

– La police ?

– Eh bien, oui. Quelqu'un s'en est débarrassé, non ? Allez, Frankie, passe-la-moi.

– Non. Je la garde. C'est moi qui l'ai trouvée. Et puis elle m'aime bien, regarde.

C'est vrai, je l'aime bien, Frankie. Puisque je ne peux pas avoir de maman, il fera peut-être office de père. Je me mets à hurler quand les ambulanciers essaient de me sortir de sa chemise. J'ai besoin de sa chaleur, de sa peau, de son amour.

– Tu vois, elle m'adore, dit fièrement Frankie.

Il me remet sous sa chemise et monte avec moi dans l'ambulance. Il reste à l'hôpital pendant que le pédiatre m'examine, puis il attend que l'infirmière ait fini de me donner le bain et de m'habiller.

– Tenez, Frankie, vous pouvez lui donner son premier repas. A vous l'honneur.

Elle le fait asseoir et me réinstalle dans ses bras. Je préférerais sous la chemise, au contact de sa peau, mais je me console ainsi, malgré cette gre-nouillère toute rêche qui m'empêche de bien me blottir contre lui. Frankie effleure ma bouche avec la tétine du biberon. Je mords dedans à pleines gencives. Inutile de m'apprendre à téter. C'est l'instinct qui parle. Une fois que j'ai com-mencé, rien ne m'arrête. Tout se brouille. J'en oublie ma mère. J'oublie l'hôpital, le docteur et les infirmières. J'oublie même Frankie. Seul compte ce biberon. Je veux téter sans fin. Puis je m'endors… Et à mon réveil, Frankie a disparu.

Je pleure. Il ne revient pas.

Des infirmières se présentent. Puis repartent.

« La vie est peut-être ainsi faite », me dis-je. Les gens ne s'attardent jamais. Mais le biberon magique réapparaît à intervalles réguliers et je me concentre là-dessus.

Tout à coup, des mains familières me prennent dans mon berceau et je me retrouve sous une che-mise, ma joue contre une peau. La peau de Fran-kie. Il est revenu. Rien que pour moi.

Ce n'est pas tout à fait vrai. Il est là aussi pour la presse. Je suis même passée à la télévision, mais personne n'a enregistré ce moment sur cassette. Enfin, elle l'a peut-être fait. Ma mère.

Est-ce qu'elle a gardé les photos publiées le len-demain dans les journaux ? Est-ce qu'elle a découpé les articles ?

BÉBÉ-POUBELLE

Frankie Smith, 17 ans, étudiant, a eu une drôle de surprise en arrivant au travail hier soir à la pizzeria Paolo, sur High Street. Il a entendu du bruit dans une poubelle à l'arrière de ce restaurant très fréquenté.

– J'ai cru que c'était un chat, raconte-t-il. J'ai eu le choc de ma vie quand j'ai soulevé le couvercle et que j'ai vu un bébé.

Frankie, qui a deux frères plus jeunes, a l'expérience des enfants : il n'a donc pas hésité une seconde à prendre le nourrisson et à le tenir au chaud sous sa chemise.

Il a accompagné le bébé à l'hôpital St-Mary et, après examen, les médecins l'ont déclaré en parfaite santé, malgré son séjour forcé dans la poubelle. Ils estiment qu'elle a été abandonnée un quart d'heure seulement après sa naissance. Sa mère aurait besoin d'une assistance médicale. Elle est priée de contacter l'hôpital St-Mary au plus vite, où elle pourra retrouver son enfant.

L'enfant était entièrement nue et jusqu'ici on n'a aucun indice sur son identité. Elle est blanche, les cheveux clairs, et pèse trois kilos. D'après les infirmières, elle est adorable. Elle a été baptisée Avril, car on l'a découverte le 1er avril.

– J'ai cru qu'on me faisait une blague, rayonne Frankie, en berçant la petite Avril dans ses bras. Si sa mère ne veut pas d'elle, j'aimerais pouvoir m'en occuper !

Moi aussi, Frankie, j'aurais bien aimé.

Je voudrais que tu aies encore dix-sept ans. Je me demande si on s'entendrait bien tous les deux ? Je suis restée petite, la plus petite de la classe, et même de toutes les classes où je suis allée, et ça en fait un sacré paquet. Je suis maigre, malgré les efforts désespérés de Marion pour me remplumer. Elle me gave de lait : sur mes corn flakes, avec du muesli ou du chocolat, en milk-shake avec de la glace à la fraise... D'accord, elle ne manque pas d'imagination, et je ne devrais pas faire la difficile mais, résultat, je déteste le lait, alors qu'autrefois je vidais mes biberons jusqu'à la dernière goutte. Enfin bref, je suis toute maigrichonne, Frankie, mais tu aurais du mal à me glisser sous ta chemise.

Je me demande quel effet ça ferait. Je me demande si maintenant tu as le torse velu et de la bedaine. Tu as trente et un ans. Tu as sans doute des enfants.

Tu es très mignon sur la photo dans le journal. Je l'ai regardée tant de fois que c'est un miracle qu'elle ne soit pas encore effacée. Je l'ai examinée de si près que nos visages ne formaient plus qu'un assemblage de milliers de petits points sur une page jaunie. On ne voit que ma tête. Le reste de mon corps disparaît sous ta chemise.

J'ai les yeux ouverts et je te regarde. Bon, je cligne un peu des paupières sous les flashes, mais je lève les yeux vers toi et tu te penches sur moi. Tu as un beau sourire, comme si tu m'aimais vraiment. Est-ce que les photographes t'avaient demandé de prendre la pose ? Ou bien tu étais sincère. Mais, dans ce cas, pourquoi avoir rompu tout contact ? On t'a sans doute empêché de me revoir, surtout après mon adoption. Mais tu le pensais peut-être vraiment quand tu prétendais vouloir t'occuper de moi.

On ne confie pas un bébé abandonné à un jeune homme de dix-sept ans. C'est bête mais c'est comme ça. Si ma mère avait déboulé à l'hôpital en suppliant qu'on nous réunisse, on lui aurait sans doute confié ma garde même si elle venait de me jeter dans une poubelle, en refermant le couvercle. C'est parce que nous sommes parents. La voix du sang est la plus forte. Elle est ma seule vraie famille et pourtant je ne sais rien d'elle.

Je n'arrête pas de penser à ma mère. Enfin, pas tout le temps. Je suis heureuse. J'ai une nouvelle vie. Des gens qui m'aiment. Une maison. J'adore mon nouveau collège et mes meilleures amies, Cathy et Hannah...

Je me demande ce qu'elles vont m'offrir pour mon anniversaire. Cathy m'aura sans doute apporté un livre. Pas un livre pour enfant. Un de ces bouquins à l'eau de rose, avec une couverture criarde et des tas de scènes d'amour. Elle l'aura peut-être lu avant, mais ça n'a aucune importance. Nous irons toutes les trois dans un coin de la cour de récréation et nous lirons des passages à voix haute, en pouffant de rire.

Hannah va probablement m'offrir du maquillage. Du vernis d'une couleur vraiment cool, et nous nous ferons les ongles à midi.

Le déjeuner sortira de l'ordinaire. D'habitude, nous apportons des sandwichs et les miens sont tristes à pleurer. (Marion me prépare des tranches de pain complet, avec du fromage, des carottes, un yaourt, des raisins secs et une banane, comme si j'étais un singe.) Mais Cathy, Hannah et moi, nous avons une tradition : quand c'est l'anniversaire de l'une ou de l'autre, nous allons en cachette jusqu'à la boulangerie pour acheter de gros beignets à la crème.

Sur le chemin du collège, j'en ai l'eau à la bouche rien que d'y penser. Je n'ai pas pris mon petit déjeuner. Alors je veux mon beignet, je veux voir Cathy et Hannah, je veux que mon anniversaire soit aussi réussi que l'anniversaire de n'importe qui. Mais je ne suis pas n'importe qui. Je suis moi.

Je dépasse les grilles du collège, en allongeant

le pas de peur que quelqu'un m'aperçoive. Je me mets à courir. Je ne veux pas aller en cours aujourd'hui. Je ne peux pas non plus rentrer à la maison. Il faut que je revienne en arrière.

Chapitre 3

Il ne faut pas regarder en arrière. Il faut toujours regarder devant soi.

Ainsi a parlé Cathy, avec grande conviction. En fait, elle ne s'adressait pas à moi, mais à Hannah. C'était à propos de ce garçon avec qui elle était sortie une fois. Grant Lacey. Si vous veniez dans notre collège, vous en tomberiez à la renverse. Même son nom n'est pas banal, il a un nom de star ou de footballeur. Les filles en sont folles. Il sera peut-être célèbre un jour. Il joue dans l'orchestre du collège, des trucs classiques et un peu de jazz, mais on l'a toutes entendu plaquer des riffs rageurs sur sa guitare pendant les pauses. Il sait aussi chanter des ballades, en vous regardant droit dans les yeux comme s'il était amoureux de vous. Et il est aussi très fort en foot. Peut-être pas autant que les vrais sportifs du collège, mais ceux-là sont débiles, crâneurs et beaucoup trop musclés. Grant fait partie de l'équipe de foot parce qu'il est la coqueluche de l'école, mais aussi parce qu'il a de très belles jambes, lisses, fuselées et nerveuses, et toutes les filles du collège rêvent de les voir de plus près.

Enfin, c'est ce qu'elles disent. Moi aussi d'ailleurs. Je fais comme si j'étais dingue de Grant, comme Hannah, Cathy et les autres, mais en secret je pense que c'est un sale frimeur. Je ne le trouve pas si terrible que ça. D'accord, il est beau. Trop beau. Vous savez, quand on règle les couleurs à fond sur le téléviseur et que le rouge sature façon écrevisse et que le vert ressemble au gazon des Télétubbies ? Eh bien quelqu'un a réglé le bouton trop fort pour Grant : son visage est trop carré, coupé au cordeau, ses cheveux trop blonds, ses yeux trop bleus, ses dents trop blanches. Ce sourire ! Je parie qu'il s'entraîne tous les soirs devant la glace de sa salle de bains. Un coin des lèvres se soulève, pendant que l'autre pique légèrement vers le bas, pour lui donner un air blasé. Le sourire du mec super-cool. Il a suffi d'un seul de ces sourires et Hannah a rappliqué ventre à terre.

Cathy et moi, nous avons été très surprises. Bien sûr, nous avons l'habitude de voir les garçons tourner autour de Hannah. Nous, ils ne nous voient pas. Cathy est grosse et saute sur le dos des gens qu'elle aime bien, un peu comme Tigrou. Moi, je suis plutôt du genre Porcinet, petite et rose, avec parfois une natte toute tirebouchonnée. Hannah ressemble plus à une poupée Barbie qu'à une peluche. Elle est blonde comme Barbie, elle a la même silhouette. Les garçons sont toujours après elle. Ceux de troisième, pas ceux qui sont en seconde comme Grant. Mais Hannah fait partie de la chorale et, après les cours, elle répète parfois avec l'orchestre. Il y a quelques semaines, Grant lui a proposé d'aller chez MacDonald's avant de rentrer chez elle.

Hannah est végétarienne et elle déteste les hamburgers, mais elle aurait dévoré une vache toute crue si Grant le lui avait demandé. Les voilà partis tous deux au fast-food. Hannah grignote quelques frites, elle est au septième ciel – plutôt au soixante-dix-septième ciel, avec des étoiles qui brillent au-dessus de sa tête et des troupeaux de petites vaches qui gambadent au milieu des astres. Grant fait un long détour pour la raccompagner jusqu'à sa porte. Hannah nous a raconté que son cœur battait à toute vitesse, elle se demandait s'il allait l'embrasser en lui disant au revoir. Elle mourait d'envie qu'il l'embrasse et en même temps elle était terrorisée parce qu'elle aurait voulu se brosser les dents d'abord et mettre un peu de brillant à lèvres.

Du coup, elle n'a pas arrêté de jacasser pendant tout le trajet. Une fois devant chez elle, Grant l'a gratifiée de son sourire dévastateur, il a penché la tête – et il l'a embrassée.

Hannah a retenu son souffle. Elle nous a dit que c'était merveilleux mais elle était tellement crispée qu'elle avait peur de rire ou de pleurer, et la tête commençait à lui tourner à cause du manque d'oxygène. Grant a plongé ses yeux dans les siens et elle en a été tellement chamboulée qu'elle lui a quasiment éternué en plein visage. Il a fait un bond en arrière, avec une expression si cocasse qu'elle a été prise d'un fou rire incontrôlable, ponctué de hoquets et de postillons.

– Je suis désolée, a-t-elle dit, en se tenant les côtes.

Grant lui a décoché un regard méprisant et il s'en est allé. Elle l'a appelé mais il ne s'est même pas retourné.

Désespérée d'avoir tout gâché, elle a éclaté en sanglots. Le lendemain, au lycée, elle a essayé de s'excuser, mais Grant s'est contenté de hausser un sourcil.

– Je ne m'étais pas rendu compte que tu n'étais qu'une gamine, a-t-il dit, avant de la planter là.

Les jours suivants, il l'a complètement ignorée. La pauvre Hannah en avait le cœur brisé. Elle lui a écrit, mais il n'a pas répondu. Elle a rassemblé tout son courage pour lui téléphoner, elle a laissé des messages pitoyables sur son répondeur, mais il ne s'est jamais donné la peine de la rappeler. Elle l'a invité à la fête pour son quatorzième anniversaire, mais il n'est pas venu.

– Comment ai-je pu être aussi stupide ? se lamentait Hannah. Je lui ai éternué en pleine figure ! Et ce truc dégoûtant qui est sorti de mon nez. J'ai failli mourir de honte quand je me suis vue dans un miroir. Il a dû me prendre pour une folle, à rire comme une baleine, avec de la morve qui me pendait au nez !

Je l'ai prise dans mes bras et c'est là que Cathy a lancé son laïus sur le fait qu'il ne fallait jamais regarder en arrière, mais toujours devant soi…

En fait, c'est la maman de Hannah qui a réussi à la consoler. Pendant la fête, elle a dansé avec nous presque toute la soirée, mais quand les invités sont partis et que Hannah s'est mise à pleurer parce qu'elle avait espéré jusqu'au dernier moment que Grant viendrait, sa maman l'a prise dans ses bras, elle a écarté les cheveux de son visage et lui a embrassé le bout du nez. Elle lui a dit que dix Grant Lacey ne lui arriveraient jamais à la cheville et que plus tard elle sortirait avec des garçons infiniment supérieurs.

Je me suis mise à pleurer aussi. Tout le monde a cru qu'Avril Fontaine faisait son petit numéro et que j'étais triste pour Hannah. Bon, j'étais triste pour elle – mais j'étais surtout jalouse, à en devenir verte. Je n'enviais pas Hannah à cause de Grant Lacey. Je l'enviais parce qu'elle avait une maman formidable.

Je suis aussi jalouse de Cathy et de sa maman, pourtant c'est une angoissée de première qui saute sur son téléphone dès que sa fille a cinq minutes de retard le soir en rentrant de l'école. En plus, elle lui donne des surnoms affreusement embarrassants comme « ma petite caille » ou « ma cocotte ». Cathy ne sait plus où se mettre quand sa mère le fait devant nous. Je secoue la tête d'un air compatissant mais, en fait, je dois cligner des paupières pour empêcher les larmes de rouler sur mes joues.

Moi aussi, je veux une maman qui m'embrasse et me câline. Je veux une maman qui s'inquiète pour moi. Une maman qui me pouponne.

Je n'en parle pas à Cathy et à Hannah, bien sûr. Elles croient que j'ai une maman. Elles n'ont vu Marion que deux ou trois fois. Elles ont peut-être été surprises de voir qu'elle était beaucoup plus âgée que la leur, mais elles n'ont fait aucune remarque. Elles ont eu l'air de trouver cool que je l'appelle par son prénom.

– Et quand tu étais petite, tu disais « maman » ? a demandé Cathy.

J'ai noyé le poisson en disant que, pour moi, elle avait toujours été Marion.

Je ne peux pas me mettre maintenant à lui donner du « maman ».

Il y a plusieurs femmes que j'ai appelées « maman ». Je ne me souviens même pas à quoi ressemblait la première. Patricia Williams. C'est le nom qui figure dans mon dossier. Plutôt un carton de rangement, plein de coupures de presse, de lettres et de rapports. Il y a mon nom écrit dessus, mais je n'avais pas le droit d'y jeter ne serait-ce qu'un petit coup d'œil, jusqu'à ce que je vienne habiter chez Marion. Elle a insisté pour qu'on me remette mon dossier. Elle a dit qu'elle se fichait du règlement, que j'avais le droit moral de connaître mon passé. Marion n'a pas son pareil pour obtenir gain de cause, même auprès des assistantes sociales. Elle ne crie pas. Elle ne discute même pas. Elle se contente d'affirmer son point de vue avec calme et détermination. Alors l'administration a cédé et on m'a confié ce carton bourré à craquer. Tiens, Bébé-poubelle, voilà toute ta vie.

J'en connaissais déjà une bonne partie, bien sûr. Quand j'étais plus petite, je tenais une sorte d'album, où je collais des articles de journaux et divers documents. Vous savez ces guirlandes de poupées que l'on fait en pliant une feuille de papier et en la découpant en forme de personnage ? Elles sont toutes identiques mais on peut colorier leur robe de façon différente, dessiner des lunettes sur l'une, du rouge à lèvre sur l'autre. Eh bien, je suis comme ces poupées de papier : j'ai gardé la même forme toute ma vie mais, chaque fois que je suis allée dans une nouvelle maison, on m'a peinte de couleur différente.

Patricia Williams a été ma première maman, mais c'était provisoire. Elle accueillait des enfants en placement familial. Elle faisait ça depuis des années, surtout les bébés. Donc on m'a sortie de l'hôpital au bout de quelques jours et c'est elle qui m'a élevée jusqu'à presque un an.

Je me demande si elle se souvient de moi. Si seulement je pouvais me rappeler son visage ! Parfois, je rêve que quelqu'un me prend dans ses bras, me berce et m'embrasse. Cathy a un journal où elle note tous ses rêves. Un jour, nous discutions, toutes les trois dans un coin de la cour et, pour une fois, j'ai oublié ma prudence et je me suis mise à leur raconter mon rêve. Heureusement, elles ont éclaté de rire avant que j'aie fini et elles ont tout interprété de travers, persuadées que je rêvais d'une rencontre romantique avec un garçon. Je les ai laissées croire ça, parce que c'était moins gênant que la vérité. Les gens normaux ne rêvent pas qu'ils sont bébés. Je ne sais pas à qui appartenaient ces bras. Pas à ma mère. Elle ne m'a jamais bercée ni embrassée. Elle m'a attrapée par les chevilles pour me jeter aussitôt dans une poubelle.

Alors est-ce qu'il s'agit de cette première maman, Mme Williams ? Je me suis forgé une image d'elle, grosse, douce, sentant bon le pain grillé et le repassage. Si seulement elle pouvait me prendre dans ses bras maintenant. Je sais, c'est fou. Mais j'ai tellement besoin d'elle.

Je vais essayer de la retrouver. J'ai vu son adresse dans le dossier. Elle a peut-être déménagé depuis toutes ces années, mais j'ai quand même envie de voir la maison. Je la reconnaîtrai peut-être. Et si Mme Williams y est encore, peut-être que je la reconnaîtrai aussi.

Je ne devrais pas partir à l'aventure comme ça toute seule. Il faudrait en discuter calmement avec Marion. Mais je ne veux rien lui dire. Parce qu'elle voudra m'y emmener elle-même. Et je ne veux pas qu'elle m'accompagne. Je veux y aller seule.

C'est bizarre. Je ne vais presque jamais nulle part seule. Juste une petite virée à l'épicerie du coin, pour acheter le journal de Marion, un paquet de pain complet ou de café. De temps en temps, j'ai la permission de choisir un film au vidéoclub – mais je ne vais jamais plus loin, à part le collège.

Parfois, le samedi, je fais du lèche-vitrine avec Cathy et Hannah, on va au cinéma, et un jour on est même allées à la soirée réservée aux moins de dix-huit ans au Glitzy. Un désastre complet : plusieurs filles se sont moquées de la façon de danser de Hannah, d'autres ont trouvé que Cathy lorgnait un peu trop sur leurs copains et l'ont menacée, puis un videur a refusé de croire que j'avais quatorze ans – je les avais presque – et il nous a demandé de partir. Même ce soir-là, nous ne sommes pas rentrées toutes seules à la maison : le père de Cathy est venu nous prendre à la sortie et il était mort d'inquiétude quand il nous a trouvées toutes les trois en larmes.

Je n'ai pas l'habitude de consulter les tableaux d'affichage à la gare. Heureusement, Mme Williams habite à Weston et ce n'est qu'à trois arrêts en train. Facile.

Chapitre 4

Facile, mon œil ! Weston est immense et je n'ai pas de plan. Je demande à vingt personnes différentes si elles connaissent le chemin. On m'envoie à l'autre bout de la ville puis on me dit que je fais fausse route et que je dois faire demi-tour. On me dirige vers la rivière, je passe dans des rues bordées d'arbres et de grosses maisons. Dis donc, ma vie a débuté dans un quartier drôlement chic ! Mais je m'aperçois que je suis avenue Victoria et pas rue Victoria : je me suis encore trompée ! En désespoir de cause, je retourne à la gare et je prends un taxi. J'ai un peu de monnaie et un billet de cinq livres dans mon cartable. Le trajet ne dure pas plus de quelques minutes mais la course me coûte déjà deux livres quatre-vingts. Je tends généreusement trois livres au chauffeur, en pensant que ça suffira, mais il grommelle un sarcasme sur la générosité de mon pourboire. Je m'excuse et je lui donne le billet de cinq livres à la place. Il demande si je veux la monnaie. J'aimerais bien, mais je n'ose pas lui dire oui, alors il redémarre, en me laissant sur le trottoir, rouge comme un coquelicot.

Une fille avec une crête orange fluo me regarde, assise sur le muret du jardin. Elle porte une mini-jupe et un tee-shirt moulant qui découvre son ventre. Un minuscule arc-en-ciel est dessiné au-dessus de son nombril. A mon avis, c'est du feutre, mais ça pourrait aussi bien être un vrai tatouage. Pourtant, elle n'a pas l'air beaucoup plus vieille que moi.

Elle a un bébé dans les bras, une boule qui gigote, bave et pleurniche. Il est gros et lourd, mais elle le retourne d'une main experte pour l'allonger sur ses genoux et lui donner un semblant de fessée.

– Eh bien, mademoiselle ne se refuse rien, dit-elle. Si tu as de l'argent à jeter par les fenêtres, je suis là.

Mais elle me sourit.

Je lui souris aussi. Je ne peux pas m'empêcher de fixer le bébé.

– C'est mon troisième, annonce-t-elle. Les deux autres sont à la crèche.

Puis en voyant ma tête, elle éclate de rire.

– Je plaisante !

– Oh !

– On est le 1ᵉʳ avril, non ?

– C'est vrai. D'ailleurs, c'est mon anniversaire.

– Alors joyeux anniversaire ! Comment tu t'appelles ?

– Devine.

– Oh, oh ! Avril ?

– Tout juste. Et toi ?

– Tanya.

Le bébé babille sur ses genoux.

– Oui, mon bonhomme, d'accord. Il dit qu'il s'appelle Ricky.

Le bébé pousse un petit cri joyeux quand elle prononce son nom puis laisse échapper un filet de salive sur la jambe de Tanya.

– Beurk ! dit-elle en enlevant un de ses chaussons de laine pour s'essuyer.

Puis elle me scrute de ses yeux verts.

– Tu sèches les cours ?

– Non.

– Ne me raconte pas d'histoires. Tu as ton uniforme, idiote.

– D'accord. Toi aussi, tu sèches ?

– Je ne suis pas inscrite pour le moment. On

s'occupe de mon cas. Mais il vaut mieux ne pas commencer à parler de ça. Mon dossier doit remplir plusieurs casiers.

Elle le dit avec fierté, le menton en l'air.

– Alors ? Qu'est-ce que tu fabriques dans le coin ? Tu viens voir Pat ?

– Je ne sais pas. Pat ? Est-ce que c'est… Patricia Williams ?

– Elle-même. Tante Pat pour tous les marmots. Oh, j'y suis. Tu es une ancienne ?

Elle rit, puis :

– Je pige vite, c'est dans ma nature. N'empêche, tu ne ressembles pas aux gamins de Pat. Tu ne parles pas non plus comme eux.

Je déglutis. J'ai pris l'habitude de m'exprimer en langage châtié depuis que je vis chez Marion.

– Je parle comme ça pour faire genre, dis-je, avec ma voix du foyer.

– Tu piges vite, toi aussi, Avril, répond-elle en riant. Alors, tu veux entrer voir Pat ?

– Je ne sais pas si c'est une bonne idée.

– Elle ne va pas te manger. Viens.

Elle se lève, cale le bébé sur sa hanche et me prend le bras de sa main libre. Je me laisse conduire vers la porte d'entrée.

Elle n'est pas fermée. Tanya la pousse d'un coup de sandale à talon haut. Le papier peint du vestibule est couvert de gribouillis, la moquette est jonchée de Lego et de petites voitures. Il flotte une odeur de cuisine, de couches culottes et de lessive. J'hume l'air en me demandant si cette odeur m'est familière.

– Pat ? fait Tanya en m'entraînant le long du couloir qui mène à la cuisine. On a de la visite.

Une femme est debout devant la cuisinière. A ses pieds, deux petits garçons jouent du tambour sur des casseroles. Elle est exactement comme je l'avais imaginée : douce, ronde, les joues roses, sans maquillage, un caleçon long délavé, une grande chemise en jean, de vieilles chaussures. Mais aucun chatouillement à ma nuque, pas le moindre frisson. Je ne la reconnais pas. Elle ne me reconnaît pas non plus, et pourtant elle me sourit chaleureusement.

– Bonjour. Qui es-tu ?

– Je m'appelle Avril.

– Avril, dit-elle gaiement. C'est un joli nom. Et de circonstance...

– C'est de là qu'il me vient. Vous ne vous rappelez pas ? Je suis Avril, le bébé-poubelle.

J'ai horreur de prononcer ces mots. C'est tellement stupide. Pathétique. J'ai l'impression qu'on vient de me fourrer de nouveau dans la poubelle, au milieu des détritus à moitié pourris.

– Qu'est-ce que tu racontes ? demande Tanya. Quelle poubelle ?

– C'est là qu'on m'a trouvée. Le jour de ma naissance.

– Oh. Compris. Sympa.

– Mais oui, bien sûr, je me souviens de toi maintenant, dit Pat en secouant la tête, sourire aux lèvres. Tu étais toute petite mais tu faisais un de ces raffuts ! La nuit, tu pleurais beaucoup. Je te promenais à travers la maison, mais tu n'arrêtais pas de crier. La colique du nourrisson, sauf que ça a duré des mois.

– Elle réclamait peut-être sa maman, dit Tanya. Elle t'a vraiment fichue à la poubelle, Avril ?

Je hoche la tête.

– Tu parles d'un instinct maternel, dit Tanya. C'est ta tête qui ne lui est pas revenue ?

– Allons, Tanya, je pensais que tu avais plus de tact. On ne parle pas comme ça de la famille des gens. D'abord, de quel droit porterions-nous un jugement ? Il y a des femmes enceintes qui sont très malades. Malades dans leur tête. Elles sont dépassées par les événements. Alors elles abandonnent leur bébé au premier endroit venu. Dans une cabine téléphonique. J'ai même eu un petit ange qu'on avait laissé dans les toilettes publiques.

– J'espère que tu lui as donné un bon bain avant de le ramener à la maison, dit Tanya. Tu entends ça, Ricky ? Tu as intérêt à ne plus me baver dessus ou tu vas finir au fond des chiottes.

– Tanya ! se récrie Pat. Tiens, mélange la purée pendant que je nous sers quelque chose à boire.

– Un whisky-Coca pour moi, Pat. Qu'est-ce que tu bois, Avril ?

– Très bien, dit Pat. Malheureusement, on est à court de whisky. Tu prendras aussi un Coca, Avril ?

– Oui, s'il vous plaît.

– Où tu habites maintenant, ma puce ? On sait que tu es ici ?

Elle s'informe, l'air de ne pas y toucher.

– Tu n'as pas fugué, au moins ?

– Oh, non. Je… J'avais un rendez-vous chez le dentiste tout près d'ici, alors j'ai eu envie de passer voir mon ancienne maison.

– C'est gentil ! Eh bien, tu vois, je me souviens très bien de toi, Avril.

C'est faux. Elle ne se souvient pas vraiment. Je n'ai été qu'un bébé parmi les dizaines qu'elle a accueillis au fil des ans et nous nous confondons tous en un seul et même marmot braillard.

– Chez qui tu crèches maintenant ? dit Tanya. Ta vraie mère est venue te reprendre ?

– Non, j'ai été adoptée.

– Ah, soupire Tanya. Ma petite sœur aussi a été adoptée. C'est plus facile quand on est petite et mignonne.

– Tu la vois encore ?

– Non. Enfin, pas souvent. Il paraît que ça la perturbe. Normal. Je lui manque. Et elle me manque aussi.

– Je sais que c'est dur pour toi, Tanya, dit Pat, en lui passant un bras autour des épaules.

Tanya se dérobe.

– Je vais bien, pas la peine de s'apitoyer sur mon sort. Et puis maintenant, j'ai Mandy. Elle habite au bout de la rue. C'est un peu comme ma petite sœur. Tu as des sœurs, Avril ? Des sœurs adoptives ?

Je secoue la tête.

Chapitre 5

Il n'y avait que nous trois. Ils m'avaient adoptée. Janet et Daniel Johnson. Ils m'ont donné leur nom de famille, Johnson. Ils voulaient aussi me donner un nouveau prénom. Danielle, comme mon nouveau père. Mais ils avaient beau le répéter des dizaines de fois, je ne répondais pas, je ne levais même pas les yeux. Ils m'ont raconté ça après, quand j'étais plus grande, en riant, mais on voyait bien que ça leur était resté en travers de la gorge.

« Tu n'étais qu'un tout petit bébé, disait maman. Et très gentille, la plupart du temps. »

« Tu ne voulais pas être la fifille à son papa, c'est tout », disait papa en me tirant une tresse, un peu trop fort.

Jamais de la vie. En tout cas, pas sa fille. Ni celle de maman, d'ailleurs.

Est-ce bien vrai ? Je les ai peut-être aimés. Parfois, elle me manque encore.

Tanya m'observe.

– Tu viens dans ma chambre, Avril ? J'ai acheté des nouvelles chaussures incroyables samedi. Il faut absolument que tu les vois.

– Oui, avec l'argent pour ton uniforme d'école, dit Pat en touillant sa purée d'une main un peu trop vigoureuse. Parce que tu t'imagines que tu vas pouvoir porter ces chaussures en classe ?

– De toute façon, pour le moment, je ne suis inscrite nulle part, alors à quoi bon dépenser son fric pour ces fringues idiotes ? Viens, Avril.

Elle pose Ricky par terre, lui colle la tétine dans la bouche et m'entraîne à l'étage.

Tanya partage visiblement sa chambre avec un des petits garçons. Les murs sont lilas, il y a des moutons qui pendent au plafond et une lampe en forme de petite bergère. Je me demande si c'était aussi ma chambre. Est-ce que j'ai déjà dormi dans ce vieux lit à barreaux, poussé dans un angle ?

Tanya surprend mon regard et hausse les sourcils.

— Ouais, elle craint, cette piaule. Attends un peu que j'aie ma propre chambre. J'ai déjà tout prévu : je veux un de ces anciens ateliers aménagés en loft, tout en parquet verni et tapis blancs, avec des meubles noir mat, genre minimaliste.

— Très chic, dis-je poliment, comme si ce loft existait déjà.

— Oui, soupire Tanya. Bah, on peut toujours rêver ! N'empêche, je peux avoir un coup de bol. Je n'ai plus aucune chance d'être adoptée comme ma sœur, je suis trop grande maintenant, mais d'ici deux ou trois ans, je rencontrerai peut-être un type plein aux as qui aura envie qu'on s'installe dans un endroit chic. Et ma sœur pourra venir habiter avec moi – ou alors ma copine Mandy. Elle et moi, on s'amuse souvent à imaginer des tas de trucs. Ne te moque pas surtout.

— Moi aussi, je me raconte des histoires.

— Alors, tes nouveaux parents ? Ceux qui t'ont adoptée ? Mon petit doigt me dit que vous ne filez pas le parfait bonheur familial.

— Tu l'as dit. D'ailleurs, on ne forme même plus une famille.

Je m'appuie contre le petit lit, puis j'abaisse les barreaux pour m'asseoir sur le bord. Je résiste à l'envie folle de me rouler en boule sur le matelas. Ma main lisse la couette Winnie l'ourson.

– Ta nouvelle maman ne t'a quand même pas jetée dans une poubelle ?

– Non. Elle était plutôt gentille.

Je froisse la couette. Winnie l'ourson est tout ridé.

– Elle était ? répète Tanya.

Son ton a changé. Elle vient s'asseoir à côté de moi.

– Elle est morte ?

– Mmm.

– Elle a eu un cancer ou une maladie ?

– Non, elle…

– J'ai compris, dit Tanya doucement. Ma mère aussi s'est suicidée.

Pendant un moment, nous restons silencieuses. Avec Tanya, je n'ai pas besoin de jouer la comédie. Je peux lui parler à cœur ouvert. Mais il y a des choses qu'on ne peut jamais dire, à personne.

– Et ton père ?

– Oh, lui !

– D'accord, fait Tanya. Alors chez qui tu habites maintenant ? Tu n'es pas dans un foyer ?

– J'y suis allée pendant un temps. A vrai dire, je n'ai pas arrêté de bouger. Mais j'ai une nouvelle mère adoptive, Marion. Ça se passe plutôt bien. Mais ce n'est pas comme une vraie mère.

Je marque une pause, je lisse de nouveau la couette. Winnie l'ourson reprend forme.

– C'est pour ça que tu as fait un saut chez Pat ?

– Je me suis dit… Oh, c'est absurde, je n'étais qu'un bébé. Mais j'avais envie de savoir si je la reconnaîtrais. Comment est-elle, Tanya ? Elle a l'air… gentille.

– Elle est gentille. Enfin, elle me casse un peu les pieds, mais c'est le rôle d'une mère, non ? Elle est géniale avec les petits. Elle ne s'énerve jamais, même quand ils crient comme des putois, et elle ne pique jamais de vraies colères contre moi. Peut-être aussi parce qu'elle s'en fiche un peu. Je suis juste un cas social qu'on lui a refilé entre les pattes. Un oiseau de passage. Elle fait de son mieux pour que je me sente à l'aise mais, le jour où je partirai, elle n'aura aucun regret.

J'imagine que je ne lui ai pas manqué non plus. J'ai passé onze mois dans cette maison, mais je n'ai jamais été son bébé. Seulement une bouche de plus à nourrir.

– Où tu vas aller après, Tanya ?

Elle hausse les épaules.

– Je n'en sais rien. C'est un placement temporaire, le temps qu'on me dégotte un nouveau bercail.

Elle se ronge un ongle, en me jetant un regard en biais.

– Cette Marion, elle ne prend pas les adolescents, par hasard ?

– Pas vraiment. Je suis une exception parce qu'elle me connaissait avant. Mais je peux toujours lui demander…

– Non, non, je suis bien ici pour le moment. Et je veux rester avec ma copine Mandy. Je te dis, on est comme des sœurs.

– Et sa mère, elle ne pourrait pas t'adopter ?

Tanya sourit.

– Je crois que sa mère ne peut pas me voir en peinture. Il paraît que j'ai une mauvaise influence sur ses chers enfants.

– Moi aussi, on a dit que j'avais une mauvaise influence.

– Toi ! s'est écriée Tanya en riant. On dirait une petite fille modèle.

– Ça fait partie de mon rôle. Hé, où elles sont, ces chaussures ?

– Ah, j'oubliais.

Tanya sort une paire de mules roses incroyables, en faux croco et à talons aiguilles. Elle les enfile.

– Waouh ! Juste ce qu'il me faut pour l'école, dis-je, tandis qu'elle arpente la pièce. Je peux les essayer ?

– Bien sûr.

J'esquisse quelques pas prudents. En croisant

mon reflet dans le miroir de la penderie, je pouffe de rire.

– Ce n'est pas juste. Elles sont super sur toi, mais moi, j'ai l'air godiche.

– Non, ça te va bien. Rentre les fesses. Et déhanche-toi un peu.

– Je n'ai pas de hanches, dis-je, en boitillant.

– Tiens, essaie plutôt celles-là. Les talons sont moins hauts.

Elle me tend une paire de chaussures à semelles compensées, d'un bleu électrique.

– Tu vois, il y a une lanière, alors elles tiennent mieux au pied. Et regarde, elles vont très bien avec cette petite jupe en jean. Passe-la pour voir. C'est une grande marque, je te signale.

Elle me montre l'étiquette.

– C'est Pat qui te l'a achetée ?

– Tu veux rire ! Non, elle ne sait même pas que j'ai toutes ces fringues.

Je me souviens comment certaines pensionnaires de Sunnybank enrichissaient leur garde-robe.

– Tu l'as volée ?

– Jamais de la vie.

Puis, avec un clin d'œil, elle rectifie :

– D'accord, un ou deux trucs ont pu tomber dans mon sac... Tu n'es pas choquée, j'espère ?

Je secoue la tête, d'un air blasé.

Tanya éclate de rire.

– Toi aussi, tu fauches, Avril ?

Je hausse les épaules. Je n'ai jamais été tentée de voler quoi que ce soit. Même pas une barre de chocolat à l'épicerie du coin. Ni même une frite dans l'assiette de ma voisine. Mais on m'a forcée à commettre certaines bêtises. Ça m'est égal si Tanya est une voleuse. Comme dit Pat : on n'a pas à porter de jugement.

Enfin, j'entends d'ici ce que Marion aurait à dire sur le sujet.

Marion.

Je me demande ce qui se passe quand une élève ne se présente pas en cours. Les professeurs vont sans doute téléphoner à Marion. Mais non. Ils ne remarqueront même pas mon absence. Cathy et Hannah vont quand même se poser des questions. Surtout que c'est mon anniversaire. Elles risquent d'appeler à la maison pendant l'heure du déjeuner.

Il faut que je parte.

Mais je ne pars pas. Je reste dans la chambre de Tanya, à essayer ses vêtements. Ils ne me vont pas très bien. J'ai toujours l'air d'un bébé. Je n'ai même pas de poitrine pour remplir les tops moulants, qui flottent sur mes épaules.

– Ce qu'il te faut, c'est un peu de maquillage.

Je me peinturlure puis je me fais une queuede-cheval haute avec de petites mèches qui tombent sur mes yeux soulignés au crayon noir. Je bourre un soutien-gorge avec quelques paires de chaussettes, j'enfile les talons aiguilles roses et je pose devant le miroir, une main sur la hanche.

Rien à faire, j'ai toujours l'air d'avoir dix ans.

– Tu n'es peut-être pas encore prête pour une virée en boîte de nuit, remarque Tanya.

En me démaquillant, je réplique :

– Bah, de toute façon, Marion ne me laisserait pas sortir.

– Et tu lui obéis ?

– Parfois. Elle est un peu vieux jeu. Elle a failli avoir une attaque quand je me suis fait percer les oreilles. Mais pour mon anniversaire, elle m'a offert des pendentifs.

– Ah, c'est vrai, j'oubliais que c'était ton anniversaire.

Tanya farfouille dans son sac.

– Où est ce truc à paillettes ? Ah, le voilà !

Elle sort alors un petit tube de chez Claire Accessoires.

– Tiens. Je m'en suis à peine servi. Joyeux anniversaire !

– Tu es sûre ? Merci !

– Et comment que je suis sûre, idiote. Viens, je vais t'en mettre.

Je parade dans la chambre, avec les vêtements

de Tanya et les joues rehaussées de paillettes – puis je pousse un soupir et rendosse mon uniforme.

– Il faut que j'y aille.

– Tu te répètes. Reste donc déjeuner. Allez.

Alors je prends place à la table de la cuisine, avec Tanya, Pat et les trois garçons sanglés sur leur chaise-haute. Les deux plus grands se mettent de la purée plein la bouche (et sur les genoux) pendant que Pat enfourne les cuillerées dans le gosier grand ouvert de Ricky. Elle a dû aussi me donner à manger. J'ouvre le bec comme un oisillon. Je l'imagine en train d'essuyer la bouillie qui coule sur mon menton et entre mes doigts, puis elle me soulève dans ses bras pour aller me changer et me coucher dans le berceau.

« Oui, mon poussin, miam miam, et maintenant dodo », me disait-elle.

Je gazouillais, j'essayais de répéter les syllabes. J'ai dû prononcer mon premier mot avec elle. Mais ça n'était certainement pas « maman ».

Elle m'a assise, elle m'a couchée, elle m'a lancée en l'air. Elle m'a vue marcher à quatre pattes sur cette moquette et elle m'a fait des bisous quand je me cognais la tête. Elle m'a laissée tambouriner sur les casseroles et lécher la cuiller du miel, elle a joué à la petite bête qui monte le long de mon bras et m'a chatouillée jusqu'à ce que j'en glousse de plaisir. Elle s'est peut-être comportée comme une maman, mais quand je suis partie elle m'a complètement oubliée.

Ma vraie mère m'a peut-être oubliée, elle aussi.

Maman se souviendrait, si elle était encore là.

Comme je me souviens d'elle.

Chapitre 6

J e dis au revoir à Pat après le déjeuner. Elle me gratifie d'un signe de tête et d'un sourire, occupée par un des bambins qui s'est mis de la moutarde dans les cheveux. Elle ne me serre pas contre son cœur, elle ne me fait pas de bisou.

Tanya me prend dans ses bras.

– On reste en contact, Bébé-poubelle. C'est quoi, ton numéro de portable ?

– Je n'en ai pas. Marion est contre. Pour elle, c'est une nuisance sociale qui provoque des tumeurs au cerveau. J'ai cru qu'elle allait quand même m'en offrir un pour mon anniversaire, mais c'est râpé.

– Tiens, voilà mon numéro, dit Tanya, avec une moue compatissante.

Elle me tend une carte de visite. Sous son nom, il y a une petite fille aux cheveux orange, dessinée à l'ordinateur, et ces deux mots APPELEZ-MOI. En fait, elle a écrit APELLEZ-MOI, avec un seul P et deux L, mais je me garde bien de le lui faire remarquer.

Elle sort un carnet d'adresses recouvert de fausse fourrure rose et y note le numéro de Marion : « Ma copine Avrille ».

Je suis contente d'avoir une nouvelle amie. Nous nous embrassons une dernière fois, puis je m'en vais d'un pas décidé, comme si je savais où j'allais.

Je sais où je vais. Mais je ne suis pas sûre du chemin. Je n'ai pas envie de reprendre un taxi. Alors je marche en direction du centre-ville et je finis par tomber sur un panneau indiquant la gare. Je prends un billet pour Londres, puis je me blottis dans un coin du compartiment. Pendant le trajet, je regarde par la fenêtre les petits carrés de jardin et je pense à maman.

Elle m'a adoptée. Je me souviens encore du jour où elle est venue me chercher. Lavande. Du talc à la lavande et un chemisier couleur lavande, lisse au toucher.

En fait, je ne fais qu'imaginer la scène. Je ne me rappelle pas vraiment, puisque j'avais à peine un an.

Mais ils me l'ont racontée tellement de fois. Quand je ferme les yeux, je crois sentir l'odeur de son talc et le soyeux de son chemisier. Et chaque fois que je pense à elle, je vois une silhouette violette.

A son anniversaire et à Noël, je lui offrais toujours un savon parfumé à la lavande et une boîte de talc à la lavande. Chaque fois, elle versait une larme en disant : « Oh ma chérie, quelle jolie surprise ! » alors que c'étaient les cadeaux les plus prévisibles qui soient et qu'elle m'observait du coin de l'œil quand papa m'entraînait dans un coin du grand magasin pour m'aider à les acheter.

Je les appelais papa et maman. Les premiers mois, ils m'ont appelée Danielle, puis ils ont tenté quelques variantes – Dany, Ella – mais, à dix-huit mois, quand on me demandait mon nom, je répondais Avril.

Je me demande si c'est possible. En tout cas, c'est ce qu'on m'a raconté. Une des histoires de maman. Elle l'a peut-être en partie inventée. Moi aussi, j'en ai inventé des tonnes et, maintenant, je ne sais plus très bien où est la vérité. Toutes ces histoires ne me paraissent pas réelles. Et moi non plus. C'est peut-être pour ça que j'ai tenu à garder mon prénom : au moins, je me sentais moi-même.

Je suis restée Avril. Maman et papa ont été obligés d'avaler la pilule. Et ce n'était que la première d'une longue série.

Maman n'a jamais bien su me tenir dans ses bras. J'étais petite et maigre, mais je gigotais beaucoup et je crois qu'elle avait peur de me laisser tomber. Elle me sanglait sur une chaise pour me donner à manger. Elle m'ancrait dans un coin de la baignoire avec un gros canard gonflable. Quand on allait se promener, elle me ceinturait dans la poussette. La nuit, elle me barricadait dans mon lit à barreaux. Elle ne me serrait jamais dans ses bras, ne me faisait pas tourbillonner, ne me portait pas sur sa hanche. Parfois, quand je pleurais, elle m'asseyait sur ses genoux mais, sous sa jupe de soie, elle était tendue comme un ressort et je finissais par descendre de mon propre chef.

Papa, lui, aimait les gros câlins, mais je n'étais pas très demandeuse. Il adorait jouer à l'ours avec moi, il se mettait à quatre pattes et grognait très fort. D'ailleurs, il me faisait vraiment penser à un ours : un moment, il était drôle, gentil, et soudain il explosait et poussait de grands cris. J'avais l'impression qu'il était capable de me tuer d'un seul coup de patte. Même physiquement, il ressemblait à un ours, avec ses cheveux bruns frisés, sa grande barbe et son corps couvert de poils, jusque sur le dos et les épaules. Ses jambes aussi étaient toutes noires, avec des pieds blancs comme des navets, encore que les poils resurgissaient sur les orteils. Il semblait très fier de son aspect velu et n'hésitait pas à se balader en slip de bain quand on allait à la plage.

Maman portait un maillot, mais avec un paréo noué autour de la taille et un gilet jeté sur les épaules. Comme j'avais la peau très blanche, elle m'enduisait de crème solaire jusqu'à ce que je sois grasse comme une frite, puis elle m'obligeait à porter un tee-shirt à manches longues et un grand chapeau de soleil qui me retombait sur le nez.

Je n'avais pas droit aux glaces parce que maman craignait que j'avale des microbes gelés. Quand on allait dans une fête foraine, il n'était pas question de manger des hot-dogs ou des hamburgers, car maman avait aussi peur des microbes réchauffés. Dans les toilettes publiques, elle me tenait à bout de bras au-dessus de la lunette pour que les méchants germes ne puissent pas bondir sur mes fesses.

Avec papa, c'était une autre histoire. Il m'achetait des cornets de glace avec de la crème chantilly et des fruits rouges. Il m'entraînait sur toutes les attractions, y compris la grande roue. Mon estomac a sauté comme une crêpe et j'ai inondé de vomi un pauvre spectateur. Papa se tapait sur les cuisses chaque fois qu'il racontait cette histoire. Maman en avait des frissons. Elle avait l'estomac mal accroché et quand je vomissais à la maison elle nettoyait d'un air dégoûté, avec une paire de gants en caoutchouc neuve, qu'elle jetait ensuite dans un sac en plastique fermé.

Parfois, je me demandais si elle regrettait de m'avoir adoptée. Elle rêvait peut-être de me fourrer dans un gros sac en plastique et de me jeter à la poubelle, d'où on n'aurait jamais dû me sortir. Je me faisais sans doute des idées. C'est vrai, elle ne me serrait jamais dans ses bras mais, tous les soirs, après avoir déposé un baiser sur ma pommette, elle murmurait dans le noir : « Je t'aime très fort, Avril. Tu as changé notre vie. Tu nous as rendus tellement heureux. »

Maman et papa n'avaient pas l'air particulièrement heureux. Elle poussait souvent de gros soupirs, le visage abattu, les épaules tombantes. Parfois, elle soupirait si fort qu'elle mettait la main devant la bouche pour s'excuser, comme si elle avait un problème de digestion.

Papa avait de vrais problèmes de digestion, il n'arrêtait pas de roter et de péter. Maman feignait d'ignorer ces éruptions et elle aurait voulu que j'en fasse autant. Papa vomissait souvent, lui aussi. Je me disais qu'il était peut-être malade mais, par la suite, je me suis rendu compte que ça lui arrivait seulement quand il rentrait tard le soir. A la maison, il ne buvait pas beaucoup mais au pub, il vidait les pintes de bière à la chaîne. C'est pour ça qu'il avait une drôle d'odeur.

Maman ne lui adressait jamais de reproches, elle se contentait de pousser de longs et fréquents soupirs. Papa s'est mis à rentrer de plus en plus tard.

Je ne comprenais pas pourquoi ça rendait maman si triste. J'aimais bien quand il n'était pas là. Je voulais maman pour moi toute seule. Je voulais qu'elle m'aide à habiller mes Barbie, à dessiner des chats, des petites filles ou des papillons, à enfiler des perles rouges et vertes pour fabriquer des colliers ou des bracelets. Parfois, elle faisait un effort, elle enfilait à Barbie sa robe de soirée, dessinait une famille de chats ou me couvrait de bijoux. Mais, le plus souvent, elle restait assise à soupirer et, quand elle entendait enfin la porte s'ouvrir, elle se levait d'un bond, la Barbie tombait sur la tête, les crayons et les perles roulaient sur la moquette.

Un matin, papa n'était toujours pas rentré à l'heure du petit déjeuner et maman n'a rien mangé, mais elle a bu des tasses de thé toute la journée, en faisant tinter sa cuiller contre les bords. Quand papa est revenu du travail à l'heure normale, il tenait à la main un gros bouquet de roses. Il l'a collé dans les bras de maman. Elle l'a pris avec hésitation, sans rien dire. Il a cueilli une rose du bouquet, il a coincé la tige entre ses dents, puis il a enlacé maman avant d'esquisser un pas de tango, en tournoyant dans le vestibule et en renversant maman en arrière. D'abord, elle lui a résisté, mais bientôt elle s'est mise à pouffer de rire. Papa a souri, la rose est tombée de sa bouche et ils l'ont piétinée sur la moquette. Maman n'a pas couru chercher l'aspirateur. Elle est restée dans les bras de papa, toute souriante.

Je lui ai jeté un regard noir.

– Ho, ho! a fait papa. Il y en a une qui est jalouse !

Il a essayé de m'entraîner dans une ronde, mais je me suis assise dans l'angle de l'entrée, à sucer mon pouce. Je n'étais pas du tout jalouse. Je n'avais pas envie de danser avec papa. J'étais furieuse de voir que maman pouvait se laisser amadouer aussi facilement.

J'imagine qu'elle était folle de lui. Ce qui explique pourquoi elle fermait les yeux sur beaucoup de choses. Elle a dû se mordre la langue quand on leur a fait subir les interrogatoires en vue de mon adoption. Il fallait qu'ils passent pour le couple idéal. D'ailleurs, papa était peut-être l'homme idéal aux yeux de maman. Sauf qu'il ne pouvait pas lui donner d'enfant. C'est pour ça qu'elle tenait tant à m'adopter. Elle pensait que c'était sa meilleure chance de le garder. Lui offrir une petite fille. Sa petite Danielle. Mais je n'ai pas voulu jouer le jeu et ça n'a pas marché.

Papa a encore découché. A plusieurs reprises. Il revenait toujours un bouquet de fleurs à la main. Puis il est rentré saoul. Et il s'est mis à piquer des colères : il criait après Maman, après moi, comme si tout était notre faute.

Finalement, il n'est plus rentré. maman l'a attendu toute la journée. Et une deuxième nuit. Elle a appelé son bureau. Je ne sais pas ce qu'il lui a dit.

Je l'ai trouvée dans l'entrée, assise sur la moquette à côté du téléphone, les jambes allongées, aussi raide que ma poupée Barbie. Des larmes ruisselaient sur ses joues. Elle ne les a pas essuyées. Elle ne s'est même pas mouchée alors que son nez coulait comme une fontaine. Effrayée, je me suis approchée.

– Maman ?

Je me suis penchée vers elle, j'aurais voulu qu'elle me prenne dans ses bras. Comme elle n'esquissait pas le moindre geste, j'ai fini par glisser mes mains autour de son cou. Elle n'a pas réagi.

– Maman, s'il te plaît, dis-moi quelque chose !

Elle ne m'a pas répondu, même quand je lui ai crié à l'oreille. Je me suis demandé si elle n'était pas morte, mais elle battait des paupières de temps à autre, les cils collés par les larmes.

– Ce n'est pas grave, maman, je suis là.

Alors que c'était grave, bien sûr. Et elle se fichait que je sois là ou pas. Non, ce n'est pas vrai : elle ne s'en fichait pas. Les semaines suivantes, elle a encore fait de son mieux pour s'occuper de moi. Elle négligeait sa toilette et enfilait toujours le même vieux survêtement par-dessus sa chemise de nuit quand elle m'emmenait à la maternelle, mais elle supervisait encore mon bain tous les soirs et me passait une robe propre tous les matins. Elle avait quelques absences : elle lavait mon uniforme d'école mais oubliait ma pile de chaussettes ou mes culottes sales. Un jour, j'ai dû aller à l'école avec une de ses culottes, retenue à la taille par une épingle à nourrice. Il m'a fallu un temps fou pour défaire cette fichue épingle dans les toilettes et je me suis un peu mouillée, mais personne n'en a rien su. Le soir, j'ai essayé de laver la culotte à la maison avec du savon dans la salle de bains. Comme je m'étais plutôt bien débrouillée, j'ai aussi lavé tous mes sous-vête-ments et je les ai mis à sécher sur le rebord de la baignoire ou sur les robinets. Mais je ne les avais pas bien rincés alors ils sont devenus tout raides et après ils m'ont démangée.

Maman n'avait plus le cœur à préparer les repas. Elle ne semblait jamais rien avaler, elle buvait seulement du thé, des litres et des litres. De mon côté, je mangeais des poignées de corn flakes, à même le paquet. A la cantine, je me rem- plissais l'estomac au maximum, car le soir il n'y avait plus que les boîtes de haricots dans le pla- card. J'en prenais sur des toasts puis, quand tout le pain du congélateur a été fini, je me suis contentée de haricots sans rien. Et quand maman restait prostrée, les yeux dans le vide, je mangeais les haricots froids.

Un soir, je n'ai même pas réussi à lui faire ouvrir une boîte. Je me suis démenée un moment avec l'ouvre-boîte, mais je n'arrivais pas à m'en servir et j'ai fini par me couper. Ce n'était qu'une minuscule entaille au pouce, mais ça m'a fait peur et j'ai poussé un cri. Maman a éclaté en sanglots à son tour et elle a bredouillé qu'elle était désolée. Elle a dit qu'elle était une mère indigne, une mau- vaise épouse et que ce n'était pas étonnant qu'il nous ait abandonnées. Il était bien mieux sans elle, et je serais beaucoup mieux aussi sans elle.

Elle a répété ça mille fois, de plus en plus fort, le visage tout congestionné. J'avais tellement peur que j'ai fini par hocher la tête, croyant qu'elle cherchait mon approbation.

Chapitre 7

Je préfère ne pas me rappeler la suite. Parce que je vais recommencer à pleurer. Ce ne sera plus Avril Fontaine, mais Avril Niagara.

Qu'est-ce que je fais là, à renifler dans ce vieux train poussiéreux ? Alors que je devrais être en train de faire la fête. C'est mon anniversaire, après tout. Je n'ai pas envie de penser à la mort. C'est bizarre, chaque année, on passe le jour de sa mort, sans le savoir, bien sûr. A moins de le choisir soi-même.

C'est ce qu'elle a fait. Maman. Les gens croient que je ne m'en souviens pas, parce que je n'en ai jamais parlé à personne. Ni aux assistantes sociales, ni à la psychiatre pour enfants. Pas même à Marion. Ils s'imaginent qu'à cinq ans, on est trop jeune pour se rappeler, ce qui est idiot, parce que je me souviens de cette journée dans le moindre détail. J'ai entendu une assistante sociale dire que j'avais dû l'effacer de ma mémoire. Je vois mal comment j'aurais pu faire une chose pareille : donner un bon coup d'éponge à mon cerveau et hop, le voilà propre comme un sou neuf, aucune trace de suicide.

D'autant que ça ne devait pas être joli. Maman s'est ouvert les poignets dans la baignoire. Elle ne voulait pas que je vois. Alors elle s'est enfermée dans la salle de bains un dimanche soir, après avoir téléphoné à une voisine pour lui demander de me conduire à l'école le lendemain en prétextant qu'elle ne se sentait pas bien. C'était un bon plan, mais je l'ai saboté.

Je me suis réveillée de bonne heure et j'avais envie d'aller aux toilettes – sauf qu'elles étaient fermées à clé. J'ai tourné plusieurs fois la poignée de la porte. J'ai frappé. J'ai appelé.

– Maman ? Tu es là ? Maman !

Elle n'était pas dans son lit. Elle ne buvait pas son thé à la cuisine. Elle était forcément dans la salle de bains. Au début, je ne me suis pas trop inquiétée. J'avais l'habitude que maman ne me réponde pas quand elle n'était pas de bonne humeur. Elle s'était peut-être endormie dans son bain ? Comme elle ne dormait presque plus la nuit, elle somnolait souvent dans la journée. J'ai frappé, frappé encore. J'avais peur de faire pipi dans ma culotte alors je suis descendue, les genoux serrés, et je me suis bagarrée avec le verrou de la porte de derrière pour sortir dans le jardin. Au fond, il y avait des toilettes très sombres dans une cabane en bois. J'avais horreur d'y aller à cause des araignées. J'ai poussé un cri quand elles sont montées sur mes pieds nus, mais j'ai réussi à ne pas me lever d'un bond, en plein pipi. Ensuite, je suis retournée dans le jardin, ne sachant quoi faire. J'ai levé les yeux et j'ai vu que la fenêtre de la salle de bains était ouverte.

– Maman ! Maman, s'il te plaît !

Elle n'a pas répondu. Mme Stevenson, la voisine, a jeté un œil par la fenêtre de sa chambre. Elle s'était disputée avec maman une fois, à cause d'un de ses fils qui avait mis la musique trop forte, alors j'ai décampé vite fait.

– Avril ! Ne t'en va pas ! Je te parle, Avril !

J'étais arrivée à la porte, mais je n'ai pas eu le temps de l'ouvrir.

– Avril !

Je me suis retournée, à contrecœur. Mme Stevenson s'était penchée par la fenêtre. Elle était en chemise de nuit. D'où j'étais, je voyais son abondante poitrine rose.

– Qu'est-ce que tu fais dans le jardin à cette heure-ci ? Où est ta maman ?

– Dans la salle de bains.

Et j'ai éclaté en sanglots. J'ai bredouillé un flot de paroles incohérentes à propos d'une porte fermée à clé. Au bout d'une minute, M. Stevenson a rejoint sa femme à la fenêtre, les cheveux tout ébouriffés, un gilet passé sur son pyjama. M. Stevenson avait un sale caractère. J'ai cru qu'il allait me gronder pour l'avoir réveillé mais, à ma grande surprise, ils sont descendus tous les deux dans leur jardin. M. Stevenson a appuyé une échelle contre la haie, il a grimpé par-dessus puis il a dressé l'échelle contre le mur de la maison, à gauche de la fenêtre de la salle de bains.

J'étais de plus en plus mal à l'aise parce que je savais que maman serait horrifiée si elle voyait soudain apparaître le gros visage rougeaud de M. Stevenson. Je l'ai supplié de ne pas escalader, mais il a répondu que maman s'était peut-être évanouie.

C'est M. Stevenson qui a failli tomber dans les pommes quand il est arrivé au sommet de l'échelle et qu'il a jeté un coup d'œil à l'intérieur.

Il a tangué un moment puis il est redescendu, en ratant des échelons et en manquant se casser la figure. Une fois en bas, il a repris sa respiration, une main plaquée sur la bouche. De petites gouttes de sueur ont perlé à son front.

– Joe ? a crié Mme Stevenson par-dessus la haie. Tout va bien ?

– C'est maman ? ai-je murmuré. Il lui est arrivé quelque chose ?

Il a sursauté, comme s'il avait déjà oublié mon existence. Il avait l'air effondré.

– Où est ton père, Avril ?

– Je ne sais pas. Je veux maman !

– C'est-à-dire… elle est souffrante. Tu ferais mieux de venir un moment chez nous pendant que j'appelle les secours.

Il m'a pris par la main. La sienne était moite et je ne voulais pas la tenir. Je ne voulais pas le suivre. Je savais que maman ne serait pas d'accord. Mais je n'avais pas le choix. Il a fallu obéir.

Il m'a fait passer par-dessus la haie. J'étais très gênée, parce que j'étais en chemise de nuit et j'avais peur que l'on voie ma culotte. Mme Stevenson m'a emmenée à l'intérieur. Il flottait une odeur de vieux graillon, mais la cuisine était très lumineuse, avec ses murs orange et ses placards jaunes. Je suis restée plantée là, à cligner des yeux, toute étonnée de me retrouver dans une maison identique à la mienne, mais disposée en sens inverse et aménagée différemment. C'était tellement déconcertant que je me suis demandée si je n'étais pas encore en train de rêver. J'avais envie que maman vienne me réveiller.

Mais c'est elle qui dormait. Enfin, c'est ce que m'ont dit les Stevenson.

Je suis restée à l'intérieur avec Mme Stevenson pendant qu'une ambulance et des voitures de police venaient se garer devant la maison. Il y a eu un raffut à réveiller une morte. Sauf que ça n'a pas marché.

Mme Stevenson n'arrêtait pas de me jeter des regards nerveux. Elle n'a pas voulu me dire ce qui se passait. Elle a essayé de me distraire en me servant un grand verre de lait. Je n'aimais pas beaucoup le lait, mais je n'ai pas osé lui dire de peur qu'elle me trouve mal élevée.

– Bois, ma chérie.

Je me suis forcée, mais l'odeur du lait m'a levé le cœur. Il avait un goût aigre. J'ai bu à petites gorgées, jusqu'à ce que j'aie le ventre tellement plein de lait que je m'attendais à en voir sortir par mes oreilles.

– C'est bien, ma belle, prends-en encore.

Elle m'a versé un deuxième verre. Je buvais encore quand la femme policier est venue me trouver. Elle s'est agenouillée à côté de moi.

– Bonjour, Avril.

Sa voix était bizarre. Elle évitait de me regarder droit dans les yeux. Mon estomac s'est noué, le lait s'est transformé en beurre rance.

– Je veux voir maman, ai-je murmuré.

La policière a battu plusieurs fois des cils. Puis elle m'a tapoté la main.

– J'ai peur que ta mère se soit endormie.

Ce n'était pas une nouveauté.

– Il faut la secouer jusqu'à ce qu'elle se réveille.

– J'ai bien peur qu'elle ne se réveille pas. Elle va rester endormie.

– Mais elle est dans la salle de bains ! Elle est couchée dans la baignoire ?

Ils l'ont soulevée, ils l'ont enveloppée et ils l'ont emportée. Quand on m'a enfin laissée rentrer dans la maison, il n'y avait plus trace d'elle. La policière m'a aidée à remplir une petite valise, en me disant qu'elle allait me conduire chez une dame très gentille qui s'occuperait de moi pendant un temps. Elle pensait sans doute à une autre tante Pat.

Mais quelqu'un avait prévenu papa au bureau et il est arrivé en courant à la maison.

– Où est ma petite Avril ?

Il a fait irruption dans ma chambre et m'a prise dans ses bras, me serrant très fort. Trop fort.

J'ai vomi tout le lait sur son costume.

Chapitre 8

Quand papa a enlevé sa veste de costume, j'ai cru qu'il allait changer d'avis. Mais il m'a emmenée dans son nouvel appartement. Est-ce que c'était chez lui – ou chez elle ? Elle s'appelait Sylvia. Il y avait une chanson idiote qui disait : « Qui est Sylvia, comment est-elle ? » Papa n'arrêtait pas de la chanter. Moi, je savais parfaitement qui était Sylvia. C'était la nouvelle petite amie de papa. Et je savais aussi qu'elle était méchante, parce qu'elle l'avait éloigné de maman.

Je suis peut-être injuste. Après tout, je ne sais pas comment ils se sont rencontrés ni comment a débuté leur liaison. N'empêche, sans Sylvia, papa serait peut-être resté avec maman et elle ne se serait pas ouvert les poignets.

Je ne l'ai pas vue dans la baignoire, bien sûr. Personne ne m'a dit comment elle s'y était prise, mais je les ai entendus chuchoter. J'ai imaginé maman et son rasoir, son corps exsangue et l'eau écarlate. Il me semblait évident que c'était leur faute, à papa et à Sylvia.

J'ai passé la matinée avec Sylvia quand papa s'est rendu à l'enterrement. Je ne comprenais pas bien de quoi il s'agissait, alors je n'ai pas demandé à l'accompagner. Il m'a acheté une nouvelle poupée Barbie, une boîte de pastels, du papier de couleur et une pile d'albums de coloriage, mais je n'y ai pas touché. Je lui ai simplement demandé une paire de ciseaux et je me suis mise à découper des images dans les magazines. Sylvia s'intéressait beaucoup à la mode. J'ai soigneusement découpé des top models aux jambes interminables et aux bras tout maigres. Je tirais la langue en contournant les coudes et les chevilles, sans réussir à éviter quelques amputations involontaires.

Sylvia m'a trouvé un vieux cahier et un bâton de colle, mais je n'avais pas envie de commencer un album. Je voulais que mes mannequins restent libres comme l'air. Elles s'appelaient Naomi,

Kate, Elle et Natasha. Comme elles étaient un peu mes filles, je les ai rebaptisées Rose, Violette, Capucine et Jacinthe. J'ai usé les pastels à dessiner des fleurs rouges, mauves, jaunes et bleues sur leurs robes en noir et blanc, pour aller avec leurs prénoms.

– Hé, c'est le nouveau Vogue! a protesté Sylvia.

Nous n'avons pas échangé trois mots. Elle m'a préparé mon déjeuner puis elle m'a regardée manger avec appréhension. C'était peut-être elle qui avait dû nettoyer le vomi sur le costume. Quand elle a vu que mon sandwich au beurre de cacahuète restait sagement au fond de mon estomac, elle s'est détendue et a allumé la télévision. Puis papa est enfin rentré.

– Comment va maman? lui ai-je aussitôt demandé.

Il a haussé les sourcils, ne sachant quoi répondre. Je n'avais pas fait exprès de mettre les pieds dans le plat. Je ne comprenais pas que maman était morte – et enterrée. On m'avait raconté qu'elle dormait et qu'elle ne reviendrait pas à la maison, mais que je pourrais la revoir au paradis. Maman m'avait lu des contes de fées, alors je l'imaginais endormie dans un château au milieu d'une grande forêt, une sorte de palace appelé paradis.

Papa ne m'a pas répondu. Il échangeait souvent des messes basses avec Sylvia. Parfois le ton montait et ils en oubliaient de chuchoter. Puis ils se réconciliaient avec fougue et je les surprenais enlacés. Dégoûtée, je faisais mine de n'avoir rien remarqué. Je prenais mes amies de papier et, dans ma tête, j'imaginais que je sortais danser avec Rose, Violette, Capucine et Jacinthe.

Malheureusement, je ne pouvais pas passer ma vie à danser. La nuit, au lieu de dormir, je pleurais sur le divan de Sylvia. Je pleurais aussi pendant la journée, dans les toilettes de l'école, mais je me mouchais toujours et j'essuyais mon visage avec du papier avant de ressortir.

A l'école, on prenait des pincettes avec moi. Je crois qu'on avait prévenu les autres élèves de ne pas parler de ma mère. Du coup, elles n'osaient pas m'adresser la parole, pas même ma meilleure amie Betsy. Elle se comportait comme si le suicide maternel était une maladie contagieuse. Nous étions toujours assises l'une à côté de l'autre, mais elle s'écartait au maximum et détalait à chaque récréation pour ne pas rester coincée avec moi. Elle a commencé à sympathiser avec une autre petite fille qui s'appelait Charmaine. Elles arpentaient la cour bras dessus bras dessous, en se chuchotant des secrets. J'ai essayé de racheter l'amitié de Betsy en lui faisant cadeau de ma nouvelle Barbie mais elle a répondu d'un air méprisant que les poupées, c'était pour les bébés – alors qu'elle en avait toute une collection dans sa chambre. Je le savais bien, parce qu'on y avait joué un jour où j'étais allée goûter chez elle.

Je ne pouvais plus l'inviter à la maison puisqu'on n'y habitait plus.

Mais, ensuite, on y est retournés. Papa a décidé de réemménager – et Sylvia nous a accompagnés.

– C'est la maison de maman ! ai-je protesté. Elle ne voudra jamais laisser entrer Sylvia.

– Ne dis pas de bêtises, Avril. Tu sais bien que maman est morte. Cette maison m'appartient et j'ai l'intention d'y habiter. Avec Sylvia. Ta nouvelle maman.

Pour moi, c'était totalement exclu. D'ailleurs, Sylvia ne semblait pas folle de joie non plus.

– Je déteste cet endroit ! a-t-elle crié. Je déteste tous ces voisins qui me regardent de travers. Pas question d'habiter ici. Je n'ai pas envie de m'occuper de ta cinglée de fille. J'ai envie de m'amuser ! C'est décidé, je pars.

Elle est partie. Il n'y avait plus que papa et moi. Il ne savait pas quoi faire de moi. Il a demandé à Mme Stevenson si elle pouvait aller me chercher à l'école et me garder jusqu'à son retour du travail. Elle a refusé catégoriquement, sauf en cas d'urgence. J'ai supplié papa de demander à la maman de Betsy, pensant que c'était un excellent moyen de nous réconcilier, mais elle aussi m'a rejetée, sous prétexte qu'elle ne voulait pas assumer une telle responsabilité.

– Même pour une petite fille calme et bien élevée ? s'est impatienté papa.

A l'époque, je faisais des efforts pour paraître sage, parce que papa avait très mauvais caractère. Dans le monde réel, j'étais donc on ne peut plus calme. Mais dans ma tête, je faisais un vacarme de tous les diables avec Rose, Violette, Capucine et Jacinthe. On jouait toute la journée et on dansait toute la nuit. On pouvait très bien se débrouiller seules. On n'avait pas besoin de mère ni de père.

Papa a recruté une vieille dame pour m'accompagner à l'école et me ramener à la maison. Elle s'installait devant la télévision comme si elle était chez elle. Je ne supportais pas de la voir assise dans le fauteuil de maman, à écraser les coussins lilas sous son gros derrière. Alors je me suis ruée pour occuper le fauteuil la première et j'ai refusé de lui laisser la place. Elle m'a donné une claque sur le mollet. Je lui ai donné un coup de pied. Elle a pris la porte aussi sec.

Alors papa a engagé une jeune étudiante. Jennifer. Elle était potelée, toute rose et très gentille. Elle m'a montré comment coller mes filles de papier sur le carton des boîtes de corn flakes pour qu'elles soient plus solides. J'aimais beaucoup Jennifer. Malheureusement, papa aussi. Et elle lui a montré beaucoup plus que de simples découpages sur du carton. Jennifer a emménagé. Elle ne contrôlait plus seulement le fauteuil de maman : elle avait aussi pris possession de son lit.

Je n'avais plus le droit d'entrer dans la chambre. Je me suis effondrée dans le couloir, seule au monde. Pour une fois, Rose, Violette, Capucine et Jacinthe n'ont pas réussi à me remonter le moral.

Je suis allée dans la salle de bains et j'ai regardé l'endroit où se trouvait la baignoire. Papa l'avait remplacée par une cabine de douche parce que Sylvia prétendait que ça lui donnait la chair de poule. Pour moi, c'était un changement de trop. Je voulais la garder, cette baignoire. Je voulais m'y allonger et faire semblant de me blottir contre maman. Je voulais ouvrir de force ses paupières pour qu'elle se réveille.

Elle me manquait tellement.

J'ai murmuré son nom. De plus en plus fort, jusqu'à le crier à tue-tête. On a tambouriné à la porte. Je croyais l'avoir fermée, mais papa a fait sauter le verrou d'un coup d'épaule. Il m'a agrippée, m'a soulevée en l'air et m'a secouée si fort que ma tête se balançait d'avant en arrière, et la salle de bains s'est mise à tourner comme un manège.

Papa a tonné « ARRÊTE DE CRIER ! », mais je ne pouvais pas arrêter parce qu'il me faisait peur. Je n'ai pas voulu arrêter non plus pour Jennifer. Ni pour Mme Stevenson quand elle s'est précipitée pour voir si on était en train de m'égorger. J'ai hurlé jusqu'à en avoir la gorge en feu. Papa a dû faire venir un médecin qui m'a enfoncé une aiguille dans la fesse. Il a dit que ça me ferait dormir – ce qui m'a fait crier de plus belle.

Le docteur a diagnostiqué un « contre-choc nerveux ». Ça n'avait rien d'étonnant, vu les circonstances. D'après lui, j'avais seulement besoin de beaucoup d'amour et de réconfort.

Papa a fait de son mieux, j'imagine. Pendant un jour ou deux.

– Ne fais pas cette tête, Avril. Papa est là. Il t'aime. Allez, fais-moi une risette. Il faut que je te chatouille ? Guili, guili, guili.

Ses gros doigts me grattaient sous le menton ou sous les bras jusqu'à ce qu'il interprète ma grimace comme un sourire.

Mais la plupart du temps, il me laissait me morfondre. A l'école, les choses se sont compliquées. Je posais ma tête sur la table et je fermais les yeux. La maîtresse a demandé à Papa si je dormais assez la nuit. Il a répondu qu'au contraire je dormais trop : je ne me réveillais pas toujours à temps pour aller aux toilettes. Il y avait toujours des draps mouillés en train de sécher au vent dans le jardin. Papa s'est fâché et m'a traitée de bébé. Jennifer a dit que ce n'était pas ma faute si j'avais les nerfs à fleur de peau comme ma mère.

– Ce n'était pas sa vraie mère, a rétorqué papa.

Il n'était pas non plus mon vrai père et je suis drôlement contente qu'il n'y ait pas une goutte de son sang dans mes veines. Lui aussi était content, car quand il en a eu assez de moi – quelques mois seulement après la mort de maman – il a pu me refourguer entre les mains des assistantes sociales.

Sauf que maintenant plus personne ne voulait de moi.

Je me demande si maman m'aurait laissée tomber, elle aussi. J'ai beau essayer de toutes mes forces, je ne me souviens pas vraiment d'elle. Elle n'est plus qu'une sensation, une vague odeur de lavande, un long soupir.

Pourtant j'ai besoin de la voir. Enfin, je crois. Et je sais où la trouver.

Chapitre 9

Le cimetière de Greenwood. C'était écrit dans mon dossier. Je m'imaginais un cimetière de roman gothique, avec de grands cyprès, de la vigne vierge et des anges en marbre, mais Greenwood est situé dans la banlieue de Londres et on y accède après une marche interminable le long d'une autoroute. J'arrive enfin aux grilles et je cherche quelqu'un pour me renseigner. Personne en vue.

L'endroit est désert et je n'aime pas ça. Je voudrais avoir quelqu'un près de moi. J'ai soudain envie de courir jusqu'à la gare – mais il est trop tard pour rebrousser chemin.

Je pourrais attendre et demander à Marion…

Non. Je suis là, tout va bien. Je ne suis plus une enfant. Je ne crois pas aux fantômes, même si je suis souvent hantée par le passé.

Je m'engage sur un sentier au hasard. Il y a bien quelques anges, mais leurs ailes sont cassées et certains ont même été décapités. Je tapote un pied recouvert de mousse, je caresse une robe de marbre, je serre la main d'un chérubin au nez cassé. Je suis choquée de voir que plus personne n'entretient ces tombes. Les vandales s'amusent à les détruire à coups de batte de base-ball. Ça me donne envie de pleurer, même si les corps dans leur cercueil se sont depuis longtemps transformés en poussière. Depuis au moins un siècle. Trop longtemps pour maman.

Je prends un autre sentier, un peu effrayée à l'idée de me perdre. Mes pieds crissent sur le gravier. Je m'arrête de temps en temps et je regarde autour de moi, croyant entendre quelqu'un. Les feuilles tendres du printemps bruissent dans les arbres, les branches se balancent doucement. Il y a tellement d'endroits où se cacher. Pour des garçons armés de battes de base-ball, pour des clochards ou des drogués…

Je suis idiote. Il n'y a personne. Les pas que j'entends sont les miens. J'inspire un grand coup et je continue à marcher. J'arrive bientôt dans la partie la plus ancienne du cimetière, avec des statues, des colonnes et des petits abris pour les morts. Je me demande quel effet ça fait de connaître ses lointains ancêtres, de pouvoir toucher les lettres gravées sur la tombe de son arrière-arrière-arrière-arrière-grand-mère. La mienne, d'arrière-arrière-arrière-arrière-grand-mère, était peut-être une vieille dame riche en crinoline de soie, ou bien une mendiante en haillons. Je ne le saurai jamais.

Je presse le pas en direction des tombes plus récentes, qui forment des rangées bien alignées. Je ne peux m'empêcher de tressaillir à la vue des monticules fraîchement creusés et recouverts de couronnes mortuaires. Je longe les allées les unes après les autres, regrettant qu'on n'ait pas songé à disposer les morts par ordre alphabétique. De toute façon, la tombe de maman est peut-être anonyme. Papa n'aura pas voulu dépenser son argent pour une pierre tombale. D'ailleurs, qu'aurait-il fait écrire dessus ? « Elle repose en paix » ? « Ci-gît l'épouse bien-aimée de Daniel, presque une mère pour Avril » ?

Je parcours les allées, les yeux piqués par le vent vif. Je ne vais jamais la trouver. D'ailleurs, je n'ai pas besoin de voir l'endroit exact. Il vaut mieux penser à elle comme avant, comme à Blanche-Neige endormie au milieu d'une clairière...

La voilà ! Janet Johnson. Des lettres en or sur une dalle de granit noir brillant – beaucoup trop m'as-tu-vu pour maman. Et il y a une photo sous verre, en forme de cœur.

Je m'approche, le cœur battant.

Ce n'est pas elle.

C'est forcément elle.

Ou peut-être une autre Janet Johnson. C'est un nom plutôt commun, après tout. Pourtant les dates correspondent. C'est bien elle.

Elle a l'air si jeune. Elle porte un drôle de nœud blanc dans les cheveux. Mais non, idiote, c'est sa coiffe de mariée. C'est une photo de mariage. Ça ne m'étonne pas de papa : il veut à tout prix que le plus beau jour de la vie de maman soit celui où elle l'a épousé. Après tout, c'est peut-être vrai. Elle semble radieuse. C'est le mot qu'on emploie d'habitude pour décrire les jeunes mariées, mais on la croirait vraiment éclairée de l'intérieur : une lumière brille dans ses yeux, la bouche entrouverte révèle des dents d'une blancheur éclatante.

Je ne l'ai jamais vue ainsi. La lumière s'était éteinte. Pauvre maman.

J'aimerais pouvoir réveiller mes souvenirs. Je me demande si elle m'aimait vraiment. Pas comme elle aimait papa, mais d'une manière tendre et maternelle. Ou bien suis-je restée à ses yeux le bébé-poubelle, jamais complètement débarbouillé ?

Je pleure. Je cherche un mouchoir en papier dans mon cartable.

– Ça ne va pas, mam'zelle ?

Je reste pétrifiée.

Un homme vient dans ma direction en se faufilant entre les tombes – un type aux cheveux ébouriffés et aux vêtements sales, une bouteille de vin à la main. Je regarde autour de moi. Personne. Rien que lui et moi. Et je suis loin, très loin de l'entrée du cimetière.

Je fais volte-face et je m'éloigne.

– Hé ! Ne t'en va pas, ma jolie ! J'essayais de rendre service. Tu veux un mouchoir, hein ?

Il tire un chiffon répugnant de sa poche de pantalon et l'agite vers moi.

Est-ce qu'il veut seulement être gentil ? Une chose est sûre, il ne paie pas de mine. Je secoue la tête et lui jette un petit sourire apeuré.

– Merci, mais ça va. Bon, il faut que j'y aille maintenant. Au revoir.

– Ne pars pas ! J'ai envie de parler. Pourquoi tu pleures, hein ? Tu veux boire un coup ? Ça te fera du bien.

– Non. Sans façon.

– Comme tu voudras, ma jolie. Y en aura plus pour moi.

Il boit au goulot.

Je continue à marcher, mais il me suit en titubant.

– Alors, qui c'est qu'est mort ?

– C'est… ma mère. Et mon père m'attend là-bas.

Je fais un geste vague par-delà les tombes.

– Je vais le rejoindre. Au revoir.

Je me mets à courir. Je doute qu'il m'ait crue. Il crie quelque chose dans mon dos mais je ne m'arrête pas. J'entends ses pas, je serre les poings et je me mets à courir, avec mon cartable qui me cogne la hanche. Je cours à perdre haleine, je me tords la cheville sur des mottes de terre, je zigzague entre les tombes, en me demandant si je vais bien dans la bonne direction. Il est peut-être sur mes talons, il tend ses mains crasseuses pour m'attraper – mais voilà enfin la sortie, j'y suis presque ! Je franchis au galop les grilles du cimetière et je me retrouve au bord de la route, avec les voitures qui passent en sifflant.

Je m'appuie contre le mur de pierre, haletante. J'attends un moment, prête à appeler au secours s'il s'approchait de moi. Mais il ne vient pas. Il a renoncé, il est resté à l'intérieur du cimetière. Lorsque mon cœur s'est apaisé, je reprends mon chemin d'un pas tremblant, encore toute secouée, mais rassurée.

Est-ce que je dois le signaler à quelqu'un ? Je ne suis pas certaine qu'il m'ait voulu du mal. Il était peut-être animé de bonnes intentions – mais je préférais ne pas attendre de les découvrir. Je détestais sa façon de me regarder. Et je ne supportais pas sa façon de m'appeler « ma jolie ».

Je pense à ma mère, à ma vraie mère, pas à cette pauvre maman allongée sous sa pierre tombale en granit noir. Ma mère a peut-être été agressée par un ivrogne ? C'est peut-être pour ça qu'elle ne voulait pas me garder ?

Je ne sais plus où je vais. Les voitures qui se croisent en vrombissant me désorientent. Je continue de jeter des coups d'œil par-dessus mon épaule, au cas où le clochard me suivrait. Qu'est-ce que je fais ici ? C'est comme dans un rêve. Plus rien ne me paraît réel.

Mais j'ai l'habitude.

Chapitre 10

Après la mort de maman, quand papa s'est débarrassé de moi, j'ai perdu contact avec la réalité. J'avais l'impression d'être en papier, aussi facilement froissable que Capucine, Jacinthe, Violette et Rose. Coup sur coup, j'ai eu deux familles d'accueil.

La première était une spécialiste du court terme, comme tante Pat. Je me rappelle vaguement de mon sixième anniversaire chez elle. J'avais mis de côté les roses en sucre de mon gâteau parce qu'elles étaient très jolies, mais quelqu'un a ramassé mon assiette et je n'ai pas pu les garder.

Ensuite, je suis allée vivre chez Maureen et Peter. Leurs amis les avaient surnommés Big Mo et Little Pete. Est-ce que nous les appelions ainsi ? Probablement pas. Nous devions leur dire juste maman et papa. Nous étions tous des enfants placés et il y en avait une tripotée. Certains venaient passer quelques jours, d'autres un an. Quelques-uns vivaient là en permanence.

J'ai demandé à Big Mo si j'allais rester là pour toujours.

– Peut-être, ma chérie.

Puis elle est allée séparer deux des grands garçons qui se battaient et délivrer un petit qui s'était entortillé dans le rideau du salon.

C'était toujours comme ça. Elle n'avait jamais le temps pour une conversation posée. Jamais le temps de faire un câlin. De toute façon, je n'en voulais pas vraiment. Big Mo était une femme au grand cœur, mais son physique me rebutait. Elle me faisait l'effet d'une géante : elle était sans doute à peine plus grande que la moyenne mais, quand j'étais petite, elle semblait me surplomber d'au moins dix mètres. Et je lui aurais bien donné aussi dix mètres en largeur ! Big Mo était comme une chaîne de montagnes, avec des reliefs imposants, sur la poitrine, le ventre et les fesses. Elle portait de grandes robes chasubles, en jersey rouge l'hiver et rose à fleurs l'été. Elle ne mettait jamais de collants, même quand il faisait un froid de canard et que ses jambes étaient toutes marbrées. Parfois, lorsqu'elle s'asseyait sur le vieux canapé, on pouvait voir un bout de son énorme culotte. On était tous pris de fou rire quand elle sortait ses sous-vêtements de la machine à laver. Mais Big Mo ne se vexait pas pour si peu. Et quand elle était de bonne humeur, elle agitait ses culottes en l'air comme un étendard et on riait comme pas possible.

Little Pete n'était pas si petit que ça, il devait avoir une taille normale, mais à côté de Big Mo, il avait l'air d'un gamin. D'ailleurs, il se comportait souvent comme un enfant : il se mettait à quatre pattes pour faire des pâtés avec les petits, il réparait les vélos ou parlait football avec les plus grands. Une fois, il a même essayé leur scooter. Big Mo s'est fâchée parce qu'il s'est foulé le poignet en tombant et qu'il n'a pas pu aider à la maison pendant une semaine. Little Pete a lancé un clin d'œil complice aux garçons et ils ont tous pouffé.

J'avais du mal à trouver ma place. Il y avait surtout des garçons et, à l'époque, j'étais une petite fille un peu coincée, à cause de l'éducation que m'avait donnée maman. J'avais toujours peur de salir mes robes. Un jour, Big Mo m'a acheté une salopette avec un nounours brodé sur la poche de devant.

– Tiens, mon ange, avec ça, tu pourras te rouler par terre : ça n'a aucune importance si tu te salis.

Mais je ne voulais pas salir ma salopette. Je m'asseyais dans un coin, les jambes croisées, tête baissée, et je discutais avec l'ours. Je faisais comme si c'était un vrai ourson, que j'avais baptisé Câlin. Jacinthe, Capucine, Violette et Rose se relayaient pour s'occuper de lui, elles lui donnaient du miel, le brossaient et l'emmenaient en promenade, attaché au bout d'une chaîne en argent.

– Avril est givrée ! disaient les garçons. Toujours à se raconter des histoires. Blablabla et blablabla... Complètement cinglée !

Parfois, ils faisaient exprès de me bousculer quand ils jouaient au football. Une fois, ils m'ont renversée et mes filles-fleurs se sont éparpillées par terre. Capucine a été piétinée, sa robe jaune était couverte de boue, et Rose a perdu une jambe. Elle a dû vivre avec une prothèse coloriée en rose pendant le restant de ses jours.

Quand j'essayais de leur parler, les garçons se moquaient de moi. Je ne comprenais rien aux différents accents. Je savais seulement que je ne m'exprimais pas comme les autres. J'imagine que je parlais comme maman. Je ne m'en rendais pas compte jusqu'au jour où mes expressions gnangnans ont fini par agacer tout le monde.

Une fois, par mégarde, j'ai réclamé un « calinou » à Big Mo, les autres étaient morts de rire. On m'a chambrée pendant plusieurs jours. Les garçons m'appelaient Duchesse ou mam'zelle Chichi.

Au début, à part moi, il y avait une seule fille et elle se mettait souvent au diapason des garçons, mais sans méchanceté. Esme imitait tout le monde. Elle était beaucoup plus âgée que moi, presque adulte, mais comme elle était trisomique, elle avait des côtés très petite fille. Puisqu'elle ne savait pas lire, je lui lisais des histoires. Parfois aussi, j'en inventais, je lui racontais les dernières aventures de mes filles-fleurs. Esme était ravie. Elle me demandait toujours d'où je sortais ces histoires, sans comprendre qu'elles étaient le produit de mon imagination.

– Les histoires sont là-dedans, lui disais-je, en tapotant ma tête.

– Montre-moi.

Elle soulevait quelques mèches et regardait dessous, comme pour voir l'intérieur de mon crâne. Elle aimait beaucoup passer les doigts entre mes longs cheveux. Les siens étaient coupés court, ils pendaient tout raides de chaque côté de son visage aplati. Avait-elle conscience qu'elle n'était pas jolie ? Quand Big Mo n'était pas dans les parages, les garçons traitaient la pauvre Esme de tous les noms, mais elle ne semblait pas trop s'en chagriner.

Nous jouions souvent ensemble. J'ai même fini par parler comme elle, en me servant de phrases courtes et très simples. A l'école aussi, je parlais comme ça et la maîtresse a eu un entretien avec Big Mo.

Je ne sais pas si c'est parce qu'ils s'inquiétaient pour moi et pour mon développement mais, quelques semaines plus tard, Big Mo et Little Pete ont accueilli une nouvelle pensionnaire.

– Elle s'appelle Pearl. Elle a deux ans de plus que toi, Avril, et elle a l'air très gentille. Elle a aussi traversé des épreuves difficiles, la pauvre chérie. Je crois que vous serez amies.

– J'ai déjà une amie, ai-je marmonné.

Mais, à leurs yeux, Esme ne comptait pas, et ils ne connaissaient pas l'existence de Jacinthe, de Violette, de Capucine et de Rose l'unijambiste.

Pearl était censée être ma nouvelle amie. Elle avait des cheveux noirs, de grands yeux bleus et les dents les plus blanches que j'aie jamais vues – des dents de nacre pour mieux me mordre. Et elle ne s'en privait pas. Mais quand Big Mo a remarqué les marques violettes en arc de cercle sur mon bras, j'ai dit que je m'étais mordue moi-même. Je savais que si je dénonçais Pearl, elle me ferait subir des sévices dix fois pires quand nous serions seules.

Encore aujourd'hui, mon cœur s'accélère quand je pense à elle. Pearl était beaucoup plus effrayante qu'un ivrogne dans un cimetière.

Le samedi, Big Mo nous emmenait nous promener, Pearl, Esme et moi. Une fois, nous sommes allées au cinéma voir *La Belle et la Bête*. Esme a adoré la théière qui parle et elle hurlait de rire chaque fois qu'elle apparaissait à l'écran. Moi, je n'ai pas ri. Je n'ai pas pleuré non plus – pourtant Pearl m'a tordu les doigts dans le noir et elle a craché dans mon petit pot de glace. Tout le monde nous prenait pour les meilleures amies du monde.

Je pensais au moins être tranquille à l'école parce que Pearl aurait dû être deux classes au-dessus de moi, mais elle avait tellement manqué les cours qu'elle savait à peine lire et on l'a fait reculer de deux ans. Pile dans ma classe. La maîtresse a même déplacé un garçon pour qu'elle puisse s'asseoir à côté de moi, « puisque vous êtes de si bonnes amies ».

A la récréation, j'essayais de lui échapper mais elle courait plus vite que moi. Et elle me donnait des coups sur la tête avec son livre.

– Tu dois m'aider pour la lecture, Avril. Allez, au boulot, ou je te dénonce.

J'étais obligée de m'installer à côté d'elle, j'ouvrais l'histoire de Freddy et de son nounours, et je lui montrais les mots avec le doigt. Pearl faisait mine de suivre le texte, mais elle inventait ses propres phrases. Elle ne savait peut-être pas lire, mais elle lisait en moi comme dans un livre ouvert.

– Il était une fois une petite fille bête, moche et puante qui s'appelait Avril. Personne ne l'aimait, pas même ses parents, alors ils se sont débarrassés d'elle. Pas étonnant ! Puis la grosse dame a dit : « Oh, Avril, ne pleure pas, Pearl va être ton amie. » Tu crois que Pearl est ton amie ?

Elle avait prononcé cette phrase comme si elle lisait. Je n'ai pas réagi, alors elle m'a donné un grand coup de coude :

– Hé, je te parle, espèce d'idiote. Je suis ton amie ? Hein ?

– Non ! Oui ! Je ne sais pas.

– Décide-toi, abrutie. Bon, je t'explique : si tu ne veux pas être mon amie, alors tu es mon ennemie mortelle.

L'école devenait un calvaire, mais c'était encore pire à la maison. J'ai commencé à me sentir mal tous les soirs à l'heure du bain. Comme nous étions trop nombreux pour la toilette, Big Mo a décidé que je prendrais mon bain en même temps que Pearl.

J'ai essayé de me cacher, mais ça n'a pas marché.

– Je t'ai trouvée ! disait Big Mo.

Et elle me tirait de sous le lit et me secouait un peu.

– Tu es comme les garçons. Eux non plus n'aiment pas le bain. Mais tu veux être une gentille fille bien propre, pas vrai ? Allez, viens. Pearl est déjà dans la baignoire. Il y a de la mousse partout.

J'ai dit que je préférais prendre mon bain avec Esme.

– Non, ma chérie. Esme est une jeune femme maintenant. Elle a besoin d'intimité. Allez, saute dans l'eau avec Pearl.

Big Mo m'a soulevée comme une plume dans ses bras de géante. Soudain, elle m'a interrogée du regard.

– Qu'est-ce qu'il y a ? Vous n'êtes pas fâchées, toi et Pearl ?

J'ai secoué la tête. Pour être « fâchées », il fallait d'abord se disputer. Et je n'osais même pas afficher le moindre désaccord avec Pearl.

Il a bien fallu me résigner à prendre mon bain avec elle. Quand Big Mo restait dans la pièce avec nous, elle ne pouvait pas pousser le bouchon trop loin, même si elle me pinçait sous la mousse et si elle me griffait les jambes avec ses ongles de pied. Mais dès que Big Mo sortait chercher des serviettes propres dans le sèche-linge à la cuisine, Pearl jouait à son jeu favori. Les sirènes.

– Que font les sirènes, Avril ? murmurait-elle, en s'asseyant tout contre moi, un sourire carnassier aux lèvres.

Des bulles de savon luisaient sur ses bras blancs. Ses cheveux noirs et mouillés, plaqués sur sa tête, brillaient comme ceux d'une poupée de porcelaine.

– Je te parle, Avril. Tu ne m'entends pas ? Tu as les oreilles bouchées ?

Elle écartait mes cheveux et m'enfonçait un doigt dans l'oreille, qui se mettait aussitôt à bourdonner.

– Je... Je ne sais pas ce que font les sirènes, ai-je bredouillé la première fois.

– Et ça se croit intelligente ! Eh bien, Avril, pauvre cruche, les sirènes ont de longues queues parce que ça leur permet... Quoi ?

J'ai avalé ma salive et j'ai essayé de m'écarter, jusqu'à me cogner contre l'émail de la baignoire.

– Réponds ! Tu as perdu ta langue, c'est ça ?

Elle m'a pincé la lèvre inférieure entre ses doigts et j'ai fini par ouvrir la bouche.

– Non, beurk, la voilà. Alors vas-y, sers-toi de ta langue. Dis-moi pourquoi les sirènes ont une queue, Avril ?

– Pour nager.

– Hourra ! Elle a trouvé ! Première de la classe ! Alors... Nage maintenant !

Tout à coup, elle m'a attrapée par les deux chevilles et elle a tiré fort. J'ai glissé en avant et ma tête a plongé sous l'eau. J'ai essayé de me débattre, mais Pearl pressait ses mains sur ma poitrine. J'ai tenté de donner des coups de pied dans sa direction, mais je frappais à l'aveugle. Un vacarme terrible retentissait dans ma tête, comme si l'eau tourbillonnait à travers mes oreilles. Elle était en train de me noyer et, malgré la douleur et la panique qui m'envahissaient, j'ai eu un éclair de triomphe : Pearl allait enfin se faire gronder. Mais soudain elle a glissé les mains sous mes aisselles et ma tête a refait surface. J'ai hoqueté, toussé et pleuré.

– Tais-toi, idiote, a dit Pearl d'une voix calme. Tu te prends pour une sirène ? Tu n'es pas très forte en natation, hein ? Tu manques d'entraînement.

Et elle m'a remise sous l'eau.

Elle ne s'amusait pas tous les soirs à me faire boire la tasse. Big Mo était souvent avec nous, mais même quand elle n'était pas là, Pearl pouvait se conduire de manière parfaitement normale, se contentant de m'éclabousser et de plaisanter. Dans un sens, c'était encore pire de ne jamais savoir quand elle allait changer de visage.

Mais ensuite c'est moi qui ai changé.

Chapitre 11

J'ai essayé de tuer Pearl.

Non, c'est faux.

Enfin, je ne sais pas. Je ne sais plus distinguer le vrai du faux. Je me souviens seulement de ce que les gens ont dit. Tout le monde m'a demandé comment c'était arrivé et j'ai dû raconter cette histoire des dizaines de fois. Ils me répétaient sans arrêt de me détendre et de prendre mon temps, mais j'étais tellement crispée que j'avais l'impression d'être une marionnette en acier. Il aurait fallu un levier pour me débloquer.

Je devais avoir la tête du coupable idéal. Ils ont tous cru que j'avais fait exprès de la pousser. Peut-être, après tout.

Pearl est partie en vol plané, en agitant les bras et les jambes, la bouche grande ouverte, toutes dents dehors. J'ai cru qu'elle allait retomber sur ses pieds et remonter l'escalier en vitesse pour me rendre la monnaie de ma pièce. Mais elle a atterri sur le dos avec un bruit sourd, une jambe tordue à angle droit. J'ai attendu des pleurs. Mais elle n'a pas émis le moindre son.

Je suis restée en haut de l'escalier, à la regarder. Puis Big Mo, Little Pete, Esme et tous les garçons ont accouru. Ils ont fait beaucoup de bruit, eux. Little Pete s'est précipité pour appeler une ambulance pendant que Big Mo s'agenouillait à côté de Pearl, lui prenait la main, lui parlait. Elle ne répondait pas. Ses yeux étaient entrouverts, mais elle ne semblait voir personne.

– Elle est morte ! a décrété un garçon.

– Non, a dit Big Mo, qui n'en paraissait pas tout à fait convaincue. Qu'est-ce qui s'est passé ? Elle a glissé ?

Ils ont tous levé les yeux vers moi.

– C'est Avril qui l'a poussée !

– Jamais de la vie. N'est-ce pas, Avril ?

Je n'ai pas dit un mot. Je n'osais pas ouvrir la bouche. J'avais peur que Pearl soit morte – mais, en même temps, ça voudrait dire qu'elle ne pourrait pas me dénoncer.

L'ambulance est enfin arrivée, on a attaché Pearl sur une civière et on l'a emmenée dans une grande voiture blanche. Big Mo l'a accompagnée. Elle n'est pas revenue de toute la nuit. Quand elle est rentrée après le petit déjeuner, elle était seule.

– Pearl est morte ! a crié un des garçons.

Ils m'ont tous regardée avec un mélange d'effroi et de respect. Mes corn flakes me sont remontés au fond de la gorge, avec un goût de vomi.

– Avril est une meurtrière !

Ils ont tous répété ce mot, y compris Esme, qui ne savait même pas ce que ça voulait dire.

– Taisez-vous ! a ordonné Big Mo.

Elle avait des cernes sous les yeux et ses cheveux étaient tout décoiffés.

– Pearl n'est pas morte, mais elle est dans un sale état, la pauvre chatte. Elle a une hanche cassée, une jambe cassée, plusieurs côtes fêlées, les poignets foulés. Elle va passer plusieurs semaines à l'hôpital.

J'ai poussé un soupir de soulagement.

– Avril, il faut que je te parle, a dit Big Mo sur un ton solennel.

Elle m'a attrapée par le poignet – comme si l'idée de me tenir par la main lui faisait horreur – et elle m'a entraînée dans le salon.

Nous autres, les enfants, nous n'avions pas même le droit d'y jeter un œil. La rumeur prétendait que Big Mo et Little Pete y avaient installé une télévision de la taille d'un écran de cinéma, d'énormes fauteuils en cuir et des tapis blancs à poil long. En fait, le poste de télé était plus petit que celui de notre chambre, le divan était tout affaissé, recouvert d'une grosse toile comme les robes chasubles de Big Mo, et il n'y avait pas de tapis, juste une moquette couleur porridge. J'ai gardé les yeux fixés dessus pendant que Big Mo me parlait. Elle n'en finissait plus.

– Pearl m'a tout raconté, Avril.

J'ai baissé la tête.

– Oh, oui, tu peux te sentir coupable ! Parce que tu l'as poussée, n'est-ce pas ?

J'ai hoché la tête misérablement.

– Tu as fait exprès ! a insisté Big Mo.

Il a fallu en convenir.

– Tu aurais pu la tuer. Les garçons ont raison, tu as failli commettre un meurtre. Je devrais raconter à la police ce qui s'est passé, Avril.

J'ai attendu, le cœur battant.

– Mais je ne veux pas d'un scandale pareil dans cette maison. J'élève des enfants depuis plus de vingt ans, je n'ai jamais eu un seul pépin. J'ai gardé les garçons les plus difficiles et personne ne s'est jamais blessé, en tout cas pas sérieusement –

quelques bosses, un œil au beurre noir – mais jamais rien de comparable. Pearl m'a dit que tu l'avais poussée sans aucune raison !

J'avais mes raisons. C'était Pearl la meurtrière. Coupable d'un quadruple assassinat : elle avait déchiré en morceaux Capucine, Jacinthe, Violette et Rose.

J'avais fait très attention à ce que Pearl ne les voie pas. Je ne les sortais jamais en sa présence, je jouais avec elles dans ma tête, en prenant bien garde à ne pas remuer les lèvres. Et je les changeais tout le temps de cachette, au cas où. Elles ont habité dans une boîte à chaussures, ensuite elles ont élu domicile dans un sac en éponge puis elles se sont glissées entre les pages d'un livre.

Elles auraient pu rester hors de danger, mais Esme m'a trahie. Autrefois, avant l'arrivée de Pearl, je l'avais laissée jouer avec mes filles-fleurs et elle n'avait pas oublié.

Nous étions dans la chambre des enfants, Esme, Pearl et moi. Esme feuilletait un magazine de Big Mo, elle se léchait le doigt et tournait bruyamment les pages.

– Arrête, Esme ! s'est écriée Pearl. Tu me tapes sur le système. D'ailleurs, qu'est-ce que tu fiches avec ce magazine ? Tu ne sais même pas lire.

– Si. Je lis souvent. Pas vrai que je sais lire, Avril ?

– Oui, tu lis très bien, Esme.

– Tu mens. Elle est nulle en lecture. C'est un vrai boulet.

– Je ne suis pas un boulet. D'abord, je suis très mince.

Le pouce dans la bouche, elle a pris une pose mannequin, sans se soucier des moqueries de Pearl.

– Comme ces jolies dames, a continué Esme, en pointant du doigt les photos du magazine.

Puis soudain :

– Capucine ! Regarde, Avril, c'est Capucine !

Elle avait raison. C'était bien la même mannequin, en maillot de bains et avec une coiffure différente. Esme avait fait preuve d'un sacré coup d'œil pour la reconnaître.

– Capucine ? a répété Pearl. De quoi vous parlez, les deux cinglées ?

– Capucine est une des filles en papier d'Avril, a expliqué Esme. Elle a en une, deux, trois, quatre.

– Tais-toi, Esme.

Mais c'était trop tard. Pearl savait. Il lui a fallu un certain temps pour les trouver. Je croyais qu'elles seraient à l'abri dans mes grosses chaussettes d'hiver, mais Pearl était un vrai chien de chasse.

Un soir, après dîner, quand je suis montée dans ma chambre, le tiroir où je rangeais mes sous-vêtements était entrouvert. Sur le dessus, il y avait une chaussette – vide. L'autre était tout au fond. A l'intérieur, j'ai trouvé mes filles-fleurs déchirées en mille morceaux. Je les ai étalés sur la moquette, avec le vague espoir de les recoller, peut-être en remplaçant les parties manquantes, comme j'avais fait pour la jambe de Rose. Mais non, Pearl s'était acharnée sur elles, les réduisant à l'état de confettis.

J'ai essayé de les recomposer dans ma tête, mais en vain. Je n'arrivais plus à me les représenter. Capucine, Rose, Violette et Jacinthe sont restées en miettes.

Je me suis mise à pleurer.

– Qu'est-ce que tu as, Avril ? a demandé Pearl, en passant la tête dans ma chambre, un sourire jusqu'aux oreilles. Oh, bou hou hou, le bébé ! Alors, Bébé veut ses poupées minables ? Chialer pour des bouts de papier ! Tu es encore plus timbrée que cette pauvre Esme. Regarde, espèce de pleurnicheuse, c'est bon pour la poubelle !

Elle a ramassé une poignée de confettis et me les a lancés à la figure. Des éclats jaunes, rouges, violets et bleus ont volé sur mon visage et se sont collés à mes cheveux.

C'était comme si j'avais été moi-même déchirée en lambeaux et éparpillée aux quatre vents. J'avais besoin de maman, j'avais besoin de papa, mais ils n'étaient plus là. Je n'avais personne. Personne.

Pearl a roulé un bout de papier rose entre ses doigts, sans doute une partie de la jambe-prothèse de Rose, que j'avais pris tant de soin à colorier. Elle a éclaté de rire et me l'a lancé d'une chiquenaude, comme une crotte de nez. Cette fois, c'en était trop. J'ai bondi en avant et elle a vu dans mes yeux que je ne plaisantais pas. Elle a pris la fuite, mais je l'ai rattrapée en haut des marches. Je lui ai donné un coup sur la poitrine, elle a reculé, elle a vacillé un instant… puis elle a basculé en arrière dans l'escalier.

– Tu l'as poussée délibérément, n'est-ce pas, Avril ? a répété Big Mo. Et sans raison ?

J'ai hoché la tête, parce que je l'avais poussée, et pour une raison que Big Mo ne pouvait pas comprendre.

Je ne l'ai jamais raconté à personne, pas même à Marion.

Chapitre 12

Marion comprendrait peut-être, elle. Elle est tellement bizarre. Elle est capable de faire toute une montagne parce que je lui ai répondu avec insolence ou parce que j'ai oublié de faire mon lit, comme si c'était des crimes épouvantables, mais elle n'a pas cillé quand elle a appris les détails de mon passé. Ça ne l'a pas empêchée de m'adopter. Et elle a une entière confiance en moi : elle laisse traîner son sac à main, elle n'enferme jamais ses objets de valeur dans un tiroir, et pourtant elle sait ce que j'ai fait à Sunnybank.

On m'a envoyée là-bas parce que Big Mo estimait que je représentais un danger pour le reste de la famille. Sunnybank était un foyer un peu particulier, une sorte de dépotoir pour les enfants difficiles à placer. Ou difficiles tout court. Surtout les filles les plus âgées. Gina, Venetia et Rayanne avaient formé un gang. Gina était l'aînée et la plus dure des trois. Tout le monde avait peur d'elle, y compris certains membres du personnel de Sunnybank. Mais je n'avais rien à craindre parce qu'elle m'avait à la bonne.

Je ferais mieux de rentrer à la maison. Je suis presque arrivée à la gare, mon billet à la main. Avec un peu de chance, je serai de retour avant que Marion finisse son travail à la librairie. Elle croira que j'ai passé la journée à l'école.

J'ai été odieuse avec elle ce matin. D'accord, c'est nul de me priver de téléphone portable – mais elle a fait un geste en m'offrant ces boucles d'oreille. Je pourrais lui demander pardon et les mettre pour lui montrer comme elles me vont bien. Elle m'aura peut-être acheté un gâteau d'anniversaire pour le goûter. Nous avons regardé les gâteaux chez *Marks & Spencers,* l'autre jour. Je pourrais appeler Cathy et Hannah et leur proposer de venir le manger avec nous. Mais il faudra que je leur fasse jurer de se taire à propos de mon absence à l'école.

Je ne sais pas ce que je vais leur raconter. Tout simplement que j'ai eu envie de sécher les cours. Mais elles seront étonnées parce qu'elles me prennent pour une petite fille modèle. Si elles savaient les trucs que j'ai faits à Sunnybank !

L'endroit ne ressemblait pas vraiment à un foyer. C'était une grande maison victorienne, avec un jardin immense. Sur le portail, à l'entrée, il y avait un soleil dessiné en relief. Chaque fois que je poussais la porte, je caressais les rayons. Un jour, je me suis coincé le doigt dans la charnière mais Gina me l'a sucé pour arrêter la douleur, puis elle m'a donné un tube entier de Smarties.

J'étais le bébé de Gina. Elle aimait bien que je me comporte comme une toute petite fille alors, quand j'étais avec elle, je parlais en zozotant et je suçais mon pouce. Le premier été à Sunnybank, il a fait très chaud et Gina a rempli d'eau une grande bassine en plastique. On se dorait au soleil pendant des heures, la peau mate de Gina devenait noire d'ébène, mais elle faisait bien attention à me barbouiller de crème solaire, sur les épaules, les bras et les jambes. Elle s'occupait de moi comme maman.

Elle me prenait aussi sous son aile quand nous faisions le mur en pleine nuit, avec Venetia et Payanne. Pas tous les soirs, seulement quand

Billy et Lulu étaient de garde, parce qu'ils dormaient tous les deux à poings fermés. Le gang de Gina sortait alors en douce – les garçons en profitaient aussi, mais nous faisions toujours bande à part. Gina avait fait de nous une équipe de cambriolage très efficace. A cause de ma petite taille, j'étais l'élément-clé du dispositif quand il fallait entrer par effraction dans une maison.

Beaucoup de voisins laissaient la fenêtre de leur salle de bains ouverte. Gina me faisait la courte échelle, je grimpais le long de la gouttière, je glissais un bras sur le rebord de la fenêtre, je passais la tête à l'intérieur, puis je me tortillais jusqu'à la taille, je cherchais à tâtons une prise et je basculais à l'intérieur, une jambe après l'autre, pour atterrir dans le lavabo.

La première fois, j'ai bien cru que j'allais rester coincée, le buste dans la salle de bains, les fesses et les jambes dans le vide. J'ai gémi, les dents plantées dans ma lèvre pour ne pas faire de bruit, puis j'ai donné un dernier coup de reins et j'ai atterri la tête la première, en me cognant si fort contre le robinet d'eau froide que j'ai failli m'assommer.

Par la suite, je me suis nettement améliorée, mais j'ai toujours eu ces cambriolages en horreur. Parfois, pendant nos virées nocturnes, j'avais tellement peur de me faire prendre que j'en faisais pipi dans ma culotte. Je devais sortir de la salle de bains dans le noir complet, traverser le couloir en bloquant mon souffle à chaque grincement de parquet. Je guettais la moindre pause dans les ronflements derrière les portes des chambres, je jetais sans arrêt des coups d'œil par-dessus mon épaule, au cas où quelqu'un aurait voulu m'attraper pour me livrer à la police.

Je devais descendre l'escalier puis ouvrir la porte de derrière pour Gina – et pour Rayanne et Venetia, quand elles étaient de la fête. Parce qu'elles avaient l'air de trouver ça très amusant. De mon côté, je détestais chaque seconde de nos escapades, même quand tout allait comme sur des roulettes – ce qui n'était pas souvent le cas. Une fois, je ne suis pas arrivée à déverrouiller la porte de derrière, je tirais et je trifouillais les serrures pendant que Gina s'impatientait côté jardin. Soudain, j'ai entendu un bruit de pas au-dessus de ma tête puis le son étouffé de pantoufles qui descendaient les marches. J'ai fait des gestes désespérés à Gina à travers la porte vitrée. Du doigt, elle m'a indiqué la porte de devant – mais les pas étaient déjà presque dans le vestibule et on m'aurait vue. J'ai fait non de la tête et Gina a disparu.

J'ai cru qu'elle m'avait abandonnée et je me suis mise à pleurer, lorsqu'elle a reparu, une chaussure à la main. Elle a brisé la fenêtre, passé le bras à travers, m'a attrapée et tirée. Lorsque le propriétaire est arrivé devant la vitre cassée, nous avions déjà passé la clôture. J'avais des éclats de verre dans les cheveux et les mains ensanglantées, mais au moins nous avions réussi à nous échapper. Pour cette fois. C'était horrible de savoir qu'il y aurait une prochaine fois – et une autre et encore une autre.

Le pire, ce n'était pas la peur d'être prise la main dans le sac, mais la conviction que j'irais droit en enfer parce que j'étais une voleuse. Maman m'avait enseigné que c'était mal de voler, ne serait-ce qu'un grain de raisin au supermarché. Une fois, elle m'avait surprise en train d'en mâcher un et elle m'avait passé un tel savon que je n'avais pas voulu me coucher ce soir-là, de peur de sombrer en enfer pendant mon sommeil. J'étais Avril, la Voleuse de Raisins et il fallait que je me tienne à carreau pendant le restant de mes jours pour laver ma faute.

Mais j'avais été à deux doigts de tuer Pearl et je me retrouvais enfermée avec toutes ces filles : j'avais mal tourné, moi aussi.

J'imagine que je n'avais pas vraiment le choix. On ne discutait pas les ordres de Gina. Et il était hors de question de la dénoncer. De toute façon, il n'y avait pas grand monde à qui se confier. Le personnel du foyer changeait tout le temps. Une nouvelle éducatrice se présentait, elle avait aussitôt une prise de bec avec Venetia. Venetia la giflait, elle giflait Venetia et, une heure après son arrivée, elle était obligée de prendre la porte, ce qui faisait une rotation plutôt rapide, même pour un foyer.

Billy détenait sans doute le record d'ancienneté, mais lui aussi avait peur de Gina et de son gang. D'ailleurs, il avait peur de quasiment tout le monde. Même de moi. J'ai appris à le fusiller du regard, l'œil exorbité : il en perdait tous ses moyens. Il avait lu mon dossier et il se disait peut-être que j'étais en train de choisir ma prochaine victime.

Lulu était gentille à sa façon, mais elle n'écoutait jamais que d'une oreille. Elle vous regardait en hochant la tête, mais elle pensait uniquement à son petit ami Bob, un grand type dégingandé qui venait regarder la télévision avec elle les soirs où elle était de garde. Ils portaient des tee-shirts assortis : celui de Lulu disait J'AIME BOB et celui de Bob disait J'AIME LULU. Même quand il n'était pas là, Lulu restait branchée sur son petit copain, comme si elle portait des écouteurs invisibles.

Alors je me suis tue. Et je me suis tue aussi dans ma nouvelle école. J'étais fatiguée d'essayer de me faire des amies alors je restais dans mon coin, je me cachais dans les toilettes pendant la récréation. C'était plus simple si tout le monde me prenait pour une demeurée, incapable de répondre aux questions. De toute façon, je me sentais idiote, le cerveau dans le brouillard, parce que je ne dormais jamais assez. Pour Gina, Venetia et Rayanne, c'était facile parce qu'elles se rendaient au lycée par leurs propres moyens : elles pouvaient sécher les cours comme elles voulaient. Moi, on me déposait à l'école primaire avec le minibus du foyer. Il y avait un soleil peint sur chaque portière mais quelqu'un avait griffonné dessus à la bombe : POUR LES CINGLÉS. C'est comme si on m'avait moi-même badigeonnée de peinture.

Une fois par semaine, on m'envoyait chez une dame dont le bureau était rempli de jouets. A l'époque, je croyais que c'était un professeur qui me donnait des cours de rattrapage, mais aujourd'hui je sais que ça devait être une sorte de psychiatre. L'Assistance publique avait besoin de savoir si j'étais foncièrement méchante – ou cinglée, comme le croyaient mes camarades de classe.

Je n'arrivais pas à décider lequel des deux était le pire. Je savais que j'étais méchante. J'étais hantée par le souvenir de Pearl et, chaque fois qu'elle s'approchait de moi en rêve, je la poussais encore dans l'escalier. En plus, j'étais devenue une voleuse, je traînais dehors avec Gina jusqu'à pas d'heures, nuit après nuit. Le quartier était exaspéré par cette vague de cambriolages. La police a fini par débarquer au foyer. J'ai failli faire dans ma culotte quand j'ai vu ces hommes en uniforme, mais Gina a gardé son sang-froid, elle a répondu à toutes les questions par des grognements ou des haussements d'épaules. Venetia et Rayanne ont affiché la même désinvolture.

Les garçons, eux, ont essayé de jouer au plus malin, ils se sont montrés agressifs, ils ont invoqué le harcèlement. Gina souriait sous cape, sachant qu'ils étaient les suspects numéro un.

Personne ne m'a soupçonnée. On ne m'a même pas interrogée.

Je n'ai pas soufflé un mot de tout ceci pendant mes séances de thérapie. Je jouais sagement avec les poupées dans le bureau de la dame, en les manipulant avec une certaine gêne parce qu'elles avaient des fesses très réalistes. J'ai réaménagé la maison de poupée : j'ai mis la maman dans la baignoire, j'ai enfermé le papa dans un placard. Puis j'ai tripoté le bébé entre mes doigts. Je ne trouvais pas de poubelle miniature.

J'en ai dessiné une avec les feutres de la dame, mais je me suis méfiée en voyant qu'elle m'observait avec attention. Du coup, j'ai transformé la poubelle en un grand vase et j'y ai ajouté des fleurs de différentes couleurs. Rouges, jaunes, bleues et violettes. Puis j'ai éclaté en sanglots, mais la dame ne savait pas pourquoi.

Quand je suis rentrée au foyer, Gina a vu que j'avais pleuré. Je lui ai parlé de Capucine, Rose, Violette et Jacinthe, je lui ai dit combien elles me manquaient. Elle m'a trouvée stupide de pleurnicher comme ça pour des poupées en papier qui ne valaient pas un clou. J'ai baissé la tête.

– Allez, souris, Avril.

J'ai essayé, sans succès.

– Tu vas voir, je vais te remonter le moral.

Le samedi suivant, elle est allée faire des courses sans moi. Elle est revenue avec une pleine brassée de poupées Barbie.

– Et voilà le travail ! a-t-elle annoncé d'un air triomphal. Des poupées, des vraies. Cent fois mieux que tes bouts de papier, hein ?

J'ai touché leurs mains, leurs seins et leurs pieds pointus. Je portais encore le deuil de mes filles-fleurs, mais ces Barbie étaient splendides. Je ne pouvais pas m'amuser avec elles ouvertement parce que Billy ou Lulu se seraient demandé d'où je les sortais, mais j'inventais toutes sortes de jeux formidables, cachée dans la penderie, la porte à peine entrouverte pour laisser passer un rai de lumière. C'était notre maison : Barbie-Ann, Barbie-Beth, Barbie-Chris, Barbie-Denise et moi habitions ensemble, nous

nous coiffions l'une l'autre, nous échangions nos vêtements et nos secrets.

Gina se glissait parfois dans le placard pour jouer avec moi. Nous étions un peu à l'étroit parce qu'elle était très grande. Elle était aussi très impatiente, elle tirait trop fort sur les petits habits et faisait craquer les coutures, mais je pouvais difficilement la mettre dehors.

Une fois, une autre fille est entrée dans ma chambre. Pas Venetia ni Rayanne, mais une certaine Claire, plus âgée, le visage triste, aux long cheveux raides, qui n'avait aucune amie. A vrai dire, personne ne lui adressait la parole. Elle ne devait pas être si vieille que ça parce qu'elle allait à l'école élémentaire, mais elle avait l'air d'une adolescente. Elle en avait aussi le comportement : elle traînait souvent avec les grands garçons et les laissait faire ce qu'ils voulaient.

Claire a essayé de se lier d'amitié avec moi, mais Gina s'y est opposée violemment. De temps en temps, elle se faufilait dans ma chambre et une fois elle m'a trouvée en train de jouer avec les Barbie. Elle m'a implorée du regard, mais je n'ai pas osé l'inviter à se joindre à moi, au cas où Gina nous surprendrait.

Le lendemain, les poupées Barbie avaient disparu. Elles n'étaient plus dans la boîte à chaussures qui leur servait de lit, au fond de la penderie.

J'ai secoué mes bottines et mes baskets pour vérifier qu'elles ne s'y étaient pas cachées. Elles n'avaient pas non plus traversé la moquette sur la pointe des pieds pour visiter mon tiroir de sous-vêtements ou dresser une tente sous mes tee-shirts. Leurs têtes ne dépassaient pas des poches de ma robe de chambre, elles n'étaient pas pliées en quatre dans ma trousse. J'ai eu beau chercher, elles étaient introuvables.

Je savais que Gina allait se fâcher. Mais elle ne s'est pas fâchée contre moi. Elle était en colère après Claire, elle a tout de suite décrété que c'était elle la coupable, et pourtant je n'avais pas soufflé mot sur le fait qu'elle avait vu mes Barbie. Claire a juré qu'elle n'était au courant de rien et elle a maintenu ses dires, même quand Gina l'a attrapée par les cheveux et a tiré un grand coup. Je la croyais et j'ai supplié Gina de laisser tomber, mais personne ne pouvait l'arrêter quand elle s'était mise une chose en tête. Elle a cogné la pauvre Claire contre le mur et elle a fouillé sa chambre de fond en comble, en déchirant la moitié de ses affaires. Je me suis mise à pleurer et Gina a mal interprété ma réaction.

– Ne crains rien, Avril. Je vais les retrouver, tes Barbie.

Elle a secoué la couette, elle a envoyé valser les coussins puis elle a agrippé le matelas. Claire a laissé échapper un petit cri et Gina a soulevé le matelas, sûre de son triomphe. Les Barbie étaient là, enveloppées dans des serviettes en papier blanches, comme des linceuls.

– Je savais bien que c'était toi, sale voleuse, a lancé Gina. Tu vas me le payer.

Et Claire l'a payé cher, malgré toutes mes supplications.

Gina aussi était une voleuse. Elle avait certainement fauché les Barbie. Mais c'était différent. Elle l'avait fait pour moi. Ce genre de vol ne paraissait pas très répréhensible quand j'étais à Sunnybank. C'était la seule façon de se procurer certaines choses, et la seule façon de récupérer ses affaires.

Aujourd'hui, tout ça me semble bien lointain. Je n'ai plus envie d'y penser. Alors comment se fait-il que je me trompe de train à la gare ? Pourquoi est-ce que je retourne à Sunnybank ? Gina n'y sera plus. Elle doit avoir vingt et un ou vingt-deux ans à l'heure qu'il est. J'ai du mal à me l'imaginer adulte. Qu'est-elle devenue ? Elle croupit peut-être en prison.

Chapitre 13

Il m'a fallu un bon moment pour trouver le foyer. Je commençais à croire que je l'avais inventé de toutes pièces. Mais il est bien là. Et voici le portail avec les rayons de soleil. Je fais courir mes doigts dessus, les yeux fixés sur la maison blanche et la porte jaune. Je n'éprouve rien de particulier. C'est comme si je jouais dans un film. Ce n'est qu'un portail en bois, rien de plus. Et Sunnybank n'est qu'une grosse maison parmi d'autres. Ce n'est peut-être même plus un foyer pour enfants.

Qu'est-ce que je raconte ? Il y a des jouets éparpillés sur la maigre pelouse, des vélos et des skate-boards autour du perron. Un vieux minibus cabossé est garé dans l'allée. Je me demande si c'est toujours Billy qui le conduit...

Je n'ai pas envie de le voir, ni lui ni Lulu, même s'ils sont encore là. La seule personne que j'aimerais voir, c'est Gina.

J'ai pleuré à chaudes larmes quand il m'a fallu quitter Sunnybank. Car nous nous sommes fait prendre, Gina et moi. Lulu et Billy nous attendaient alors que nous rentrions en catimini à l'aube, après une nuit de cambriolage. C'était Claire. Elle nous avait dénoncées. Impossible de nier. Gina avait un paquet de CD glissés sous son blouson, trois cents livres sterling et un mouchoir plein de bijoux en poche.

Alors on m'a expédiée dans une école spéciale. Je ne sais pas pourquoi ils n'ont pas renvoyé Gina. Elle était peut-être trop âgée, ou bien on a jugé que ses mauvaises habitudes étaient incorrigibles. Cette nouvelle école devait me donner une dernière chance.

Je ne voulais pas y aller, mais personne ne m'a écoutée. C'est ce qu'il y a de plus terrifiant quand on est à l'Assistance. On n'a jamais son mot à dire. On doit se plier aux décisions, se laisser ballotter d'un endroit à l'autre.

J'avais le sentiment qu'on me chassait de Sunnybank parce qu'on ne voulait plus de moi. La dernière semaine, je n'ai pas eu le droit de voir Gina. De toute façon, fini les sorties nocturnes : on avait apposé un cadenas tout neuf et un système d'alarme sur la porte d'entrée, celle de derrière et même aux fenêtres. Lulu avait reçu de nouvelles consignes : elle devait se lever à l'aube pour vérifier que nous étions bien toutes dans notre lit.

J'ai attendu qu'elle ait fait le tour des chambres. Puis je suis sortie en cachette pour rejoindre Gina. J'ai grimpé dans son lit, elle m'a fait un gros câlin en m'appelant son bébé. J'ai pleuré et je crois que Gina a versé aussi une larme, parce que ses joues étaient humides quand elle m'a embrassée. Nous nous sommes serrées fort dans les bras l'une de l'autre, jusqu'au matin.

Je ne l'ai jamais revue. Elle m'a envoyé une lettre, mais comme l'écriture n'était pas trop son truc, elle s'est contentée d'un dessin et elle a signé son nom en grand, avec des arabesques qui descendaient jusqu'au bas de la page, et elle a ajouté plein de baisers.

La première année, je lui écrivais toutes les semaines, mais j'ai vite renoncé à espérer une réponse.

Et si je lui envoyais une lettre ?

Le personnel de Sunnybank a peut-être son adresse. Je pousse le portail et je remonte l'allée.

Je contemple un moment la porte puis je frappe deux coups.

Une blonde en salopette m'ouvre, un tablier noué autour de la taille. Elle porte de petites nattes terminées par des nœuds multicolores. Je me souviens que Lulu avait souvent des couettes ridicules. Les gens qui travaillent avec les enfants essaient souvent de se coiffer ou de s'habiller comme eux.

– Lulu ne travaille plus ici ?

Elle secoue la tête et les nattes s'agitent.

– Je crois bien qu'il y avait une Lulu ici dans le temps, mais je ne l'ai pas connue.

– Et Billy ?

Les nattes s'agitent de nouveau.

– Tu veux les contacter ?

– A vrai dire, non. C'était plutôt cette fille, Gina...

– Oh, Gina !

– Vous la connaissez ?

– Tout le monde connaît Gina, sourit-elle.

– Elle ne vit plus ici ?

– Non, mais elle nous rend souvent visite : elle fait partie de notre programme de conférences.

– Gina donne des conférences ?

– Oui, elle va dans tous les foyers de la zone sud-est pour parler aux enfants. Elle a une relation fantastique avec eux. Ils se sentent proches d'elle parce qu'elle est passée par les mêmes épreuves. Toi aussi ?

Elle examine mon uniforme du lycée d'un air soupçonneux.

– Tu as vécu ici ?

– Pas longtemps. J'étais son amie. Mais c'était peut-être une autre Gina.

– Oh, il n'y a qu'une seule Gina ! D'ailleurs, elle habite tout près d'ici, dans la résidence Kempton. Tu vois ces grands immeubles ? Elle habite au dernier étage, immeuble sud, appartement 144. Tu n'as qu'à y aller. Je suis sûre qu'elle sera ravie de te voir.

Je me dirige vers la cité, en sachant que c'est inutile. Il ne peut pas s'agir de ma Gina. Cette fille donne des conférences ! Le seul sujet sur lequel ma Gina pourrait s'exprimer, ce serait le vol avec effraction.

De toute façon, ce n'est sans doute pas une très bonne idée. Je ne sais pas à quoi ressemble cette cité Kempton et j'ai eu ma dose de mauvaises rencontres pour aujourd'hui. J'inspecte discrètement les lieux. Soudain, un jeune garçon arrive derrière moi en skate-board et je fais un bond de côté. Il ricane puis continue son chemin.

Il faut à tout prix que j'arrête de me comporter comme un bébé. Cette cité n'a pas l'air mal. Il y a de jolis rideaux et des bacs à fleurs aux fenêtres de certains appartements, et les portes le long des balcons sont peintes aux couleurs de l'arc-en-ciel. Je suis moins séduite par le local à poubelles, noir de saleté, et par les graffitis sur les murs. J'appelle l'ascenseur, j'attends une éternité, puis j'entre dans la cabine en enjambant une flaque suspecte.

J'appuie sur le bouton du dernier étage, mais l'ascenseur s'arrête à mi-chemin et deux types au crâne rasé font irruption. Je déglutis et je recule d'un pas. Heureusement, ils m'ignorent complè-tement. J'observe leurs piercings à la dérobée, en me demandant ce que dirait Marion si je rentrais à la maison avec ce genre de look. L'un d'eux sur-prend mon regard et me tire une langue percée. J'ai un rire nerveux et je sors précipitamment de l'ascenseur au quatorzième étage.

J'ai l'impression de me retrouver sur le toit du monde. Je peux voir à des kilomètres à la ronde, mais je suis obligée de m'agripper à la balustrade, de peur d'être aspirée par le vide. Je longe le bal-con et j'arrive à la porte 144. Je frappe une fois, si timidement qu'elle ne va peut-être pas entendre. De toute façon, ça ne sera pas ma Gina.

Une jeune femme apparaît à la porte, pieds nus, en jean et tee-shirt bleus. Un beau bébé frisé s'ac-croche à sa hanche. Elle me regarde, la tête pen-chée de côté.

Ce n'est pas Gina. Je bredouille :
– Je suis désolée. Je cherchais…

Est-ce que c'est Gina ? Elle est grande, plutôt ronde, elle est noire, mais en même temps si différente de celle que j'ai connue. Cette Gina est jolie, soignée, adulte, avec de longs cheveux tressés et ornés de perles. Elle a un diamant dans la narine gauche, des boucles d'oreille en forme de lune et des bracelets qui tintent sur ses bras potelés. Elle n'a pas l'air d'une sauvageonne, au contraire, elle arbore un sourire amical. Un sourire qui s'épanouit bientôt.

– Avril ! s'écrie-t-elle. Ma petite Avril !

Gina m'attire contre elle, le bébé se retrouve écrasé entre nous. Je respire son odeur familière, chaude, mélange de poudre et de musc.

– C'est bien toi, Gina !

Et j'éclate en sanglots.

– Pas de doute, c'est bien ma petite Avril, dit-elle en riant. Tu pleurais tout le temps – mais tu étais mon bébé, pas vrai ? A propos, comment trouves-tu mon vrai bébé ?

Elle le tient fièrement à bout de bras, lui fait un bisou puis le chatouille. Il se trémousse en babillant.

– Elle est adorable.

– Il est adorable ! C'est un garçon. Benjamin. Ne t'en fais pas, tout le monde le prend pour une fille parce qu'il est tellement mignon… J'imagine que c'est aussi à cause de ses longs cheveux. On me dit de l'emmener chez le coiffeur mais ce serait un crime de couper ces bouclettes, pas vrai, mon bébé ?

Benjamin rit et secoue la tête, en faisant danser ses bouclettes.

– Oui, tu as de très jolis cheveux, dis-je, en reniflant.

– Toi, tu as besoin d'un mouchoir, comme d'habitude ! Entre, Avril. C'est fou que tu sois là ! Je n'en crois pas mes yeux. Quel âge tu as maintenant ? Onze ans ? Douze ?

– J'ai quatorze ans. Aujourd'hui.

– Waouh ! Joyeux anniversaire, Avril.

De sa main libre, elle m'entraîne à l'intérieur. L'entrée ressemble à une piscine bleue turquoise, avec des dauphins qui sautent et plongent sur les murs. Le salon est mauve, avec des rideaux et de gros coussins bordeaux en velours. Un panda géant trône sur un rocking-chair. Je suis Gina jusque dans la cuisine. Elle est peinte en jaune canari, si lumineuse qu'il faudrait presque des lunettes de soleil. Gina me tend un rouleau de Sopalin, installe Benjamin dans sa chaise haute et met la bouilloire sur le feu.

– J'adore ton appartement, dis-je d'une voix timide, en me mouchant.

– Il est super, hein ? J'ai demandé aux grands de Sunnybank de me donner un coup de main pour la peinture, dit-elle, en sortant des tasses orange vif. Tu en viens ?

– Je te cherchais.

– Oh, arrête, Avril, tu vas me faire pleurer, dit Gina, en me serrant de nouveau dans ses bras.

Puis elle éclate de rire.

– Je parie que tu as été surprise d'apprendre que je suis devenue un modèle pour la jeunesse. Tu te rappelles toutes nos bêtises ? Tu étais une vraie pie voleuse quand tu étais petite ! Tu grimpais le long de la gouttière et tu te faufilais par une fenêtre en un clin d'œil.

– Tu m'as trouvé une remplaçante après mon départ ?

– Non. Elles étaient toutes nulles comparées à toi. Et puis j'ai perdu le goût de la chose. Tu m'as manqué, ma puce.

– Tu ne m'as pas écrit.

– Si !

– Tu m'as envoyé un dessin.

– Eh bien, je n'ai jamais beaucoup aimé écrire… Et à Sunnybank, on ne pouvait pas approcher l'ordinateur avec tous ces garçons. De toute façon, je n'avais pas vraiment envie de raconter ma vie. J'ai eu des tas de galères, puis j'ai eu un bébé, ce qui a été une grosse erreur.

– Benjamin ?

– Non, un autre. J'étais encore gamine.

La bouilloire se met à siffler. J'ai l'impression que mon cerveau aussi est en ébullition.

– Alors qu'est-ce qu'il est devenu ? Tu l'as... Tu l'as donné ?

Une larme roule sur la joue de Gina.

– On me l'a prise. J'étais une mauvaise mère.

– Mais tu es formidable avec Benjamin !

– Je ne l'étais pas avec Amy. Oh, je l'adorais, mais la plupart du temps, je n'étais pas moi-même : je prenais toutes sortes de trucs, j'étais complètement déboussolée. On m'a donné cet appart, on a essayé de m'installer, mais je ne savais pas prendre soin de moi, et encore moins d'un bébé. Amy était souvent malade. J'ai fini par tomber malade moi aussi. A l'époque, je fauchais encore beaucoup. Je me suis fait pincer et on m'a envoyée dans un centre de rééducation... et Amy est partie à l'Assistance.

– Oh, Gina.

Je passe un bras autour de ses épaules.

– Non, inutile de me plaindre. C'était ma faute. J'étais perdue. J'ai tout fichu par terre.

– Mais comment ont-ils pu te l'enlever si tu l'aimais ? C'était ton enfant. Elle ne pouvait pas rester avec toi ?

– Pas ici. J'aurais peut-être dû me battre davantage pour la garder, mais je me suis dit qu'elle n'aurait pas la vie rose en restant avec moi.

Qu'elle aurait honte de sa mère. Et puis je ne voulais pas qu'elle soit trimbalée de foyer en foyer, comme moi. Alors j'ai accepté l'idée d'une adoption. Elle a une famille très gentille maintenant.

Gina sourit, mais des larmes coulent encore sur ses joues.

– Ne me regarde pas comme ça, Avril. J'ai cru que c'était la meilleure solution. Aujourd'hui, elle est heureuse, je le sais. Et je suis heureuse, moi aussi. Après l'adoption, j'ai un peu perdu la tête. Je suis allée dans un centre spécial pendant quelque temps, mais j'ai fini par me ressaisir, j'ai fait peau neuve – et me voilà ! J'ai encore des examens à passer. C'est long, tu connais mon problème dès qu'il s'agit de rédiger, mais j'avance. Je vais devenir assistante sociale. Et crois-moi, je ne serai pas une tendre : si les gamins ne filent pas droit, je vais les mener à la baguette ! Ils ne pourront pas me raconter d'histoires. Je suis passée par là, j'ai fait toutes les bêtises imaginables. Ces temps-ci, je donne des conférences pour raconter mon expérience aux gamins. Les plus têtus ne veulent rien entendre, mais les plus jeunes me respectent.

– Moi aussi, je te respecte, Gina.

Je rougis, parce que ça paraît si bête à dire.

– J'espère bien !

Elle nous sert une tasse de thé et donne son biberon à Benjamin. Puis elle me sourit.

– Au fait, Avril, qu'est-ce qu'on a pour son anniversaire ?

J'ouvre de grands yeux.

– Un gâteau ! s'écrie Gina.

Elle ouvre un placard et en sort une boîte. Elle l'ouvre d'un geste théâtral. A l'intérieur, il y a une moitié de gâteau recouverte d'un glaçage rose et de Smarties, avec écrit « Joyeux Anniversaire » dessus.

– Je savais que tu viendrais aujourd'hui !

Je reste bouche bée. Gina éclate de rire.

– Je plaisante, idiote. Je l'ai préparé pour un petit garçon qui habite deux appartements plus loin. Je dirige un club, une sorte d'association de quartier. Benjamin adore ça parce que tout le monde veut jouer avec lui. Et chaque fois que c'est l'anniversaire de quelqu'un, je fais un gâteau.

Je pense à Marion, à la maison. Elle a peut-être acheté un gâteau d'anniversaire chez *Marks & Spencer*, elle l'aura posé sur son plat en cristal. Elle va se demander pourquoi je suis en retard. Elle va s'inquiéter.

Si j'avais un portable, je pourrais l'appeler. C'est sa faute, après tout.

C'est nul. Je suis nulle.

Je ne peux pas m'empêcher de penser à elle pendant que je bavarde avec Gina, que je mange le gâteau et que je donne des Smarties à Benjamin.

Je pourrais utiliser le téléphone de Gina. J'en ai envie. Mais je ne peux pas. Marion voudra savoir où je suis. Et si elle découvre que j'ai séché les cours, elle va piquer une colère noire.

Je n'ai qu'à lui dire que je suis chez Cathy ou chez Hannah. Mais elle insistera pour venir me chercher. C'est trop compliqué.

Je ne vais pas l'appeler, mais je vais rentrer directement et lui dire que je suis désolée et me faire pardonner, d'une manière ou d'une autre.

– Il vaut mieux que j'y aille, Gina. Ma mère adoptive va se demander où je suis.

– Tu es une bonne fille, Avril.

Non, je suis méchante, méchante, méchante.

Nous nous disons au revoir et Gina me serre dans ses bras. Je m'accroche à elle, en regrettant de ne pas être aussi petite que Benjamin pour qu'elle puisse me porter sur sa hanche toute la journée.

– On ne se perd plus de vue, d'accord, ma puce ? dit Gina. Écris-moi, tu veux ? Cette fois, je te répondrai. Promis.

Je redescends dans cet ascenseur qui empeste, je retiens mes larmes. Une fois dans la cour, je lève les yeux et j'aperçois Gina debout sur le balcon. Comme elle tient fermement Benjamin, elle ne peut pas me faire signe de la main mais elle secoue la tête et il l'imite. On dirait deux tulipes noires qui se balancent au gré du vent.

Gina est une maman formidable.

Je me demande si la mienne a eu une deuxième chance.

Chapitre 14

Il faut absolument que je rentre.

Je suis dans le train de banlieue, en direction de la gare de Waterloo. Je vais raconter une histoire à Marion. Ce n'est pas l'imagination qui me manque.

C'est une histoire qui finit mal. Je ne l'ai pas retrouvée.

Mais je me suis découvert deux amies formidables, une nouvelle et une ancienne. J'ai trouvé ma toute première mère d'accueil et la tombe de ma mère adoptive. J'ai rencontré des tas de gens aujourd'hui – et pourtant je me sens toujours aussi perdue. Plus seule que jamais. « Un seul être vous manque et tout est dépeuplé. »

Comment faire pour la trouver ? Elle pourrait être n'importe où. Autant chercher une aiguille dans une botte de foin. Ou une feuille de thé dans une poubelle.

Le bébé-poubelle.

Il reste un dernier endroit.

J'ai encore des billets. Je peux prendre un autre train à Waterloo.

Ou bien retourner chez Marion.

Je n'ai jamais été très forte pour prendre des décisions. Quand je suis allée habiter chez Marion, je n'arrivais même pas à choisir ce que je voulais manger. Au moins, à Fairleigh, on n'avait pas le choix : selon les jours, c'était œufs brouillés ou une platée de haricots blancs – floc ! – dans une assiette en plastique. Après, au dessert, on avait du pain d'épice le vendredi, avec de la confiture ou une cerise sur le dessus, mais je mangeais si lentement qu'il n'en restait presque plus le temps que je termine mon assiette. Car nous étions obligées de finir le plat de résistance. C'était la règle. Parfois, je demandais un coup de main à une grande qui s'appelait Julie : elle piquait en douce de pleines fourchetées dans mon assiette, mais ensuite elle s'est liée d'amitié avec une anorexique qui la payait vingt cents par assiette nettoyée.

Je n'ai pas besoin de faire un pèlerinage à Fairleigh. J'y ai vécu cinq ans. Mon record. Je n'allais même pas en vacances, sauf dans un camp d'été sinistre, où j'ai passé le plus clair de mon temps à aider les dames de service.

Cet été, Marion et moi partons à l'étranger. En Italie. Cinq jours pour les visites culturelles et historiques, et cinq jours au bord de la mer.

– Après tout, c'est normal, a dit Marion. Ce sont tes vacances autant que les miennes.

Elle est gentille, même si elle me tape sur les nerfs. Il est tard. Qu'est-ce que je vais bien pouvoir lui raconter si jamais elle a appelé Cathy ou Hannah et qu'elles lui ont appris que je n'étais pas à l'école ? J'aimerais bien être chez Cathy ou chez Hannah en ce moment. Je me sens tellement normale avec elles. On rigole, on râle après les professeurs, on soupire à propos des garçons et on se lamente sur notre ligne, nos boutons et nos cheveux. Parfois, on parle de l'avenir, de nos espoirs, mais jamais du passé.

Ce sont les amies dont j'ai toujours rêvé. J'avais bien quelques copines à Fairleigh, mais elles étaient bizarres, déprimées, agressives, folles – comme moi. C'est d'ailleurs pour ça qu'on nous avait envoyées là-bas. Une école spéciale pour les filles fragilisées ; des filles qui accumulaient les problèmes ; des filles qui avaient besoin de soins particuliers ; des filles en échec scolaire ; des filles en détresse. Nous étions toutes regroupées là, habillées avec la même robe à damiers bleu et blanc, le même blazer bleu. Le soir, nous avions toutes un nounours identique, avec son gilet en tricot bleu.

La journée, nous étions divisées par petits groupes, pour que le professeur puisse nous consacrer plus d'attention. Mais je ne voulais pas d'attention particulière. Je voulais juste me refermer comme une huître et éviter les ennuis. Parmi nous, il y avait plusieurs trisomiques comme Esme. Je suis devenue amie avec l'une d'elles, une fille très gentille qui s'appelait Suzette. Elle adorait les sucreries. Tous les jours, elle achetait une sucette à la boutique de l'école.

– La sucette pour Suzette, gloussait-elle, sur un ton si comique qu'elle me faisait rire.

En classe, j'avais envie de m'asseoir à côté d'elle pour faire du coloriage avec ses gros pastels. On lui donnait des feuilles de papier avec de grandes lettres de l'alphabet. Je me disais que ça devait être tellement reposant de colorier « A comme abeille, B comme ballon, C comme camion », mais je devais faire des additions, des multiplications et des rédactions. Au début, comme je ne savais ni calculer ni écrire des histoires, j'étais vraiment nulle. Je commençais à croire que j'étais idiote. Je ne me rendais pas compte qu'à force de changer d'école tous les six mois, je n'avais pas enregistré les bases.

Les professeurs ont fait de leur mieux pour y remédier. Au bout d'un ou deux trimestres, j'ai eu l'impression qu'on m'avait soudain mis des lunettes correctrices sur le nez. J'y voyais enfin clair. Ce n'était pas de tout repos. Je n'avais plus le temps de rêvasser. Au lieu de me regarder le nombril, je devais réfléchir, résoudre des problèmes, trouver des solutions.

J'ai continué à peiner en maths et en sciences, mais j'aimais bien l'anglais et j'adorais l'histoire. Mlle Bean savait la rendre amusante. C'était la plus vieille de nos professeurs et il fallait la voir dans ses horribles pulls tricotés main aux couleurs pastel, bleu, rose ou lilas.

Tout le monde se tenait à carreau dans la classe de Mlle Bean. Elle était beaucoup plus sévère que les autres profs. Et elle était constamment sur mon dos : « Essaie, Avril ! », « Réfléchis ! », « Allons, tu peux mieux faire que ça. » Mais parfois elle savait rendre les choses magiques. Surtout l'histoire.

Nous avons étudié les Romains et elle nous a donné la permission d'apporter nos draps pour nous fabriquer des toges. Nous avons organisé un banquet romain avec du vin (du jus de raisin) et une orgie de desserts (Mlle Bean avait apporté un gâteau au chocolat fait maison, de la glace à la noix de coco, des caramels et même une sucette pour Suzette). Nous avons construit une maquette du Colisée (elle nous avait montré des photos de ses vacances à Rome), avec de petits personnages en carton, des lions et des martyrs chrétiens. J'ai eu un coup au cœur en voyant ces figurines qui me rappelaient les défuntes Capucine, Rose, Violette et Jacinthe, mais je suis vite entrée dans le jeu. J'ai découpé des fauves et un gladiateur armé d'un glaive – un cure-dent peint en doré.

– Très bien, Avril ! s'est écriée Mlle Bean.

J'ai vraiment trouvé ma voie quand nous avons étudié l'époque victorienne. Je me suis lancée dans la construction d'une maison bourgeoise, avec une grande boîte en carton et des paquets de corn flakes, en copiant les détails sur les livres d'histoire empruntés à la bibliothèque. Mais les filles un peu dures à la détente ont tout confondu, elles voulaient refaire une fête avec les toges et du vin.

– Non, ça, c'étaient les Romains. Ils vivaient des siècles avant l'ère victorienne, a expliqué Mlle Bean.

Elles ne comprenaient toujours pas. A leurs yeux, tout ça, c'était de l'histoire ancienne l'époque victorienne leur paraissait aussi lointaine que celle des Romains.

– Voilà ce que je vous propose, a dit Mlle Bean. Nous allons tous dessiner notre arbre généalogique et vous verrez que vos arrière-arrière-arrière-grands-mères vivaient sous le règne de la reine Victoria.

Je suis restée figée. Je n'ai pas participé aux blagues qui ont fusé à propos de l'arbre généalogique, de la grand-tante Platane ou du grand-père Érable. Je n'ai même pas pris mon stylo. Je n'ai pas bougé, les poings fermés sur les genoux, les ongles enfoncés dans la chair.

Mlle Bean a fait le tour de la classe dans son pull bleu ciel, en distribuant des conseils ici et là. Elle a écrit papa et maman sur la feuille de Suzette, qui les a encadrés au crayon rouge, en tirant la langue parce qu'elle avait du mal à suivre les lignes.

Puis Mlle Bean a regardé dans ma direction.

– Allez, Avril. Au travail.

Je n'ai pas remué le petit doigt.

Elle est venue vers moi, le sourcil froncé.

– Avril ! Qu'est-ce que tu as ce matin ? Allons, mets-toi au travail !

– Je ne veux pas.

– Pardon ?

– Je ne veux pas, ai-je répété plus fort.

Toutes les élèves ont levé le nez et m'ont regardée, bouche bée.

– Je me moque de ce que tu veux, a dit Mlle Bean. Tu es dans ma classe et tu obéis.

Elle a tapoté de l'index ma page blanche.

– Je t'ordonne de commencer !

– Vous ne pouvez pas m'y forcer, espèce de vieille chouette !

Les autres élèves en sont restées pétrifiées. Même moi, je n'arrivais pas à croire que j'avais prononcé ces mots.

– Je ne tolérerai pas ce genre d'attitude dans ma classe, a dit Mlle Bean. Va dans le couloir et reste debout.

J'ai titubé entre les rangées de tables jusqu'à la porte. Une fois dehors, j'ai hésité à prendre mes jambes à mon cou. Malheureusement, il n'y avait pas de bonnes cachettes dans l'école. J'avais déjà essayé les toilettes, les placards à jeux et la chaufferie mais on m'y avait chaque fois débusquée. Quant à quitter l'enceinte de l'école, je ne l'avais pratiquement jamais fait depuis mon arrivée, et l'extérieur me paraissait aussi inconnu et inhospitalier que la planète Mars. Alors je suis restée dans le couloir, la tête basse, à attendre la fin du cours.

Ça m'a semblé durer des heures. Mes paroles se répétaient en écho dans ma tête. « Vous ne pouvez pas m'y forcer... » Mais connaissant Mlle

Bean, je me disais qu'elle choisirait de terribles méthodes pour me ramener à l'obéissance. J'ai imaginé des tortures de plus en plus barbares, où figurait en bonne place la canne souple que j'avais vue en travaillant sur l'époque victorienne.

Quand les filles sont enfin sorties, elles m'ont regardée comme une bête curieuse. Puis Mlle Bean m'a fait signe depuis le seuil.

– Entre, Avril.

Je suis rentrée dans la classe et elle a fermé la porte.

– Je t'interdis de me parler sur ce ton à l'avenir, a-t-elle dit gravement. Et tu es priée de t'excuser pour ton insolence.

– Je m'excuse, Mlle Bean.

Elle a hoché la tête. Puis elle m'a dit quelque chose qui m'a laissée pantoise :

– Maintenant, c'est à mon tour de faire amende honorable. J'ai commis une erreur en te demandant de dessiner ton arbre généalogique. Ce n'était sans doute pas une bonne idée, pour un tas de raisons. J'aurais dû y penser avant de suggérer cet exercice. Je suis désolée, Avril. J'espère que tu acceptes mes excuses.

– Oui, Mlle Bean ! Je ne voulais pas vous insulter. Enfin, si. Mais ça m'a fait tellement bizarre quand j'ai réalisé que je ne pouvais rien remplir. Je n'ai pas de famille !

Ma voix a tremblé. Je me suis mise à pleurer et le visage de Mlle Bean est devenu tout flou. Je n'ai pas pu contenir le flot de mes larmes et, une fois partie, j'ai pleuré à n'en plus pouvoir. Gênée, Mlle Bean m'a tapoté l'épaule, en murmurant :

– Allons, ça va passer…

Elle m'a tendu un mouchoir plié en quatre et j'ai essuyé mon visage du mieux que j'ai pu.

– Alors, ça va mieux ? a-t-elle dit d'une voix douce. File à ton prochain cours, ma petite.

J'ai couru. J'avais les yeux tellement rouges que les autres filles ont compati, persuadées que Mlle Bean m'avait passé un savon. Je n'ai raconté à personne ce qui s'était passé en réalité. C'était un secret entre Mlle Bean et moi.

Marion

Chapitre 15

Après cet incident, Mlle Bean et moi sommes devenues amies. Enfin, pas amies-amies. Elle restait la prof super-sévère, mais de temps à autre elle m'adressait un petit sourire en classe, et si je traînais un peu à la fin du cours nous bavardions un moment. Parfois, elle me choisissait un livre ou bien elle me donnait des tableaux en cartes postales. Puis, un samedi, elle est venue me trouver à l'école et elle a dit qu'elle m'emmenait en sortie pour la journée.

– Si ça te fait plaisir, bien sûr.

La première fois, j'ai hésité. Elle me faisait encore un peu peur et je pensais que j'allais m'ennuyer comme un rat mort, coincée avec Mlle Bean toute la journée. J'aimais bien sa façon d'enseigner, mais je n'avais pas trop envie de subir un cours d'histoire de plusieurs heures.

Heureusement, ce n'était pas du tout ça. Elle m'a bien emmenée au musée Albert-et-Victoria, mais elle a rendu la visite très distrayante, et après, dans la boutique, elle m'a acheté un petit ours habillé en reine Victoria. Ensuite, nous sommes allées à la cafétéria, qui m'a parue très chic. Mlle Bean a dit que je pouvais choisir ce qui me tentait.

– N'importe quoi ? ai-je dit en dévorant des yeux les énormes gâteaux et puddings.

Comme je n'arrivais pas à me décider entre le fondant au chocolat ou les fraises à la crème, elle m'a laissée prendre les deux, mais en insistant pour que je mange d'abord une salade. Mlle Bean a bu du vin avec son repas, ce qui m'a surprise. Je me suis demandé si elle n'allait pas être saoule comme papa, mais elle a siroté ses deux verres sans effet notable.

Je croyais qu'on allait reprendre le train pour l'école puisqu'on avait arpenté le musée en long et en large, mais Mlle Bean a proposé un peu de lèche-vitrine. Nous sommes allées dans un grand magasin. J'ai eu l'impression d'entrer dans un palais des *Mille et Une Nuits*. Je marchais sur la pointe des pieds, stupéfaite. La section épicerie fine était particulièrement impressionnante, surtout les chocolats. Mlle Bean m'a offert du chocolat blanc. Elle a ri en voyant l'expression sur mon visage quand j'ai mordu dedans.

– C'est bon ?

– Délicieux !

– Prends-en un autre. Moi aussi d'ailleurs. Et au diable mon régime !

Elle a tapotée son gros ventre. Elle portait son pull préféré, le rose qui lui donnait des airs de guimauve géante, mais ça m'était égal. Je l'aimais bien.

Par la suite, elle m'a souvent emmenée en balade. Nous faisions de grandes promenades à la campagne, elle m'apprenait le nom des arbres, des oiseaux et des fleurs sauvages. Je n'écoutais pas toujours. J'aimais bien suivre le fil de mes pensées, et puis je me demandais où nous irions goûter. J'imaginais que nous étions parentes et que c'était une sorte de week-end en famille. Comme elle n'avait pas l'air d'une grand-mère et qu'elle pouvait difficilement passer pour ma mère, j'en ai fait une grand-tante un peu excentrique.

Les filles de Fairleigh m'ont charriée quand elles ont appris mes sorties du samedi. Quelqu'un a lancé que Mlle Bean avait peut-être des vues sur moi et que j'avais intérêt à faire gaffe. J'ai pris un ton menaçant à la Gina et je leur ai dit de la boucler ou j'allais leur régler leur compte. Après ça, elles m'ont fichu la paix.

Mlle Bean arrivait à l'âge de la retraite. J'aurais sans doute dû m'en rendre compte, mais ça a été un choc au dernier trimestre de cinquième quand elle a annoncé qu'elle allait partir en juillet. Je ne savais pas quoi dire. J'ai pincé les lèvres pour retenir mes larmes.

– Allons, Avril, mes cours d'histoire vont te manquer à ce point ? a-t-elle demandé en plaisantant.

– C'est vous qui allez me manquer.

Mlle Bean a pincé les lèvres à son tour.

– Eh bien… Je pourrais toujours te rendre visite. On fera encore des sorties le week-end si… si tu en as envie.

– Oh, oui !

– Moi aussi. J'aime beaucoup nos samedis. Mais il faut me promettre de ne pas te sentir obligée de venir. Je ne sais jamais si tu le fais par pure politesse.

Je n'étais pas sûre qu'elle viendrait vraiment me chercher. J'ai pleuré comme une madeleine le dernier jour du trimestre, quand Mlle Bean a dit au revoir à tout le monde et que la déléguée de classe lui a remis un réveil, une valise et des livres d'histoire. Plusieurs autres élèves ont pleuré et j'étais contente de voir que Mlle Bean était appréciée, malgré son côté strict et vieux jeu. Suzette était en larmes. Mlle Bean lui a donné un plein paquet de sucettes en guise de cadeau d'adieu. Moi, elle ne m'a rien donné, mais elle m'a tapoté l'épaule au passage et elle a murmuré :

– Je reviendrai bientôt, Avril. Promis.

Elle a fermé sa valise toute neuve et elle est partie en vacances à l'étranger. Elle m'a envoyée deux cartes postales – et le premier week-end après son retour elle est arrivée à Fairleigh, un samedi matin de bonne heure. Elle s'était fait coupé les cheveux, elle était toute bronzée, elle portait un large pantalon bleu foncé qui lui allait bien, même si ses fesses paraissaient encore plus grosses que d'habitude.

– On y va, Avril ?

– Vous avez changé !

– Je me sens transformée.

Elle a passé les doigts dans ses cheveux courts. Elle a dit que je n'avais plus à l'appeler Mlle Bean puisqu'elle n'était plus mon professeur. Je pouvais l'appeler par son prénom. Marion.

Quand elle passait me prendre, elle s'arrêtait toujours pour bavarder avec les autres professeurs et pour dire bonjour à Suzette, mais elle venait tout spécialement pour moi. Elle a dit que l'enseignement ne lui manquait pas. Elle prenait des cours d'italien et de piano et, trois jours par semaine, elle tenait une boutique de livres d'occasion. Son déménagement l'occupait aussi beaucoup. Elle allait quitter son appartement en ville pour un pavillon en banlieue. Un jour, avant même de s'installer, elle m'a emmenée le visiter.

– J'ai besoin de ton avis, Avril.

Je ne voyais pas bien où elle voulait en venir. Elle a tourné autour du pot pendant des mois. Elle me parlait de mon avenir, de ce que je voulais faire plus tard. J'ai dit que j'avais pensé à devenir styliste (pour découper des patrons et coudre des vêtements rouge, jaune, bleu et violet), mais Marion m'a suggéré de passer plutôt un diplôme d'histoire. Puis elle a essayé de me faire parler de ma propre histoire. C'était l'horreur. Je savais que j'étais un bébé-poubelle. Mes souvenirs remontaient jusqu'à maman et papa, même si les détails restaient flous, mais je ne préférais ne pas trop y penser. Ça me donnait toujours une sorte de vertige, comme si je me tenais au bord d'un précipice.

Je ne comprenais pas pourquoi Marion insistait tant alors qu'elle voyait à quel point ça me mettait mal à l'aise. D'habitude, nous faisions attention à ne pas froisser nos sentiments respectifs. Je ne parlais jamais de régime ni de gym, je ne prononçais jamais le mot « obèse » (Marion avait encore pris du poids depuis qu'elle avait quitté l'école et elle avait dû acheter des pantalons encore plus larges) et, de son côté, elle ne parlait jamais de mamans.

– S'il te plaît, Marion, boucle-la, ai-je dit, tandis que nous nous promenions dans les jardins de Hampton Court.

J'ai collé ma main sur la bouche dès que les mots en sont sortis : j'avais peur que Marion se transforme de nouveau en Mlle Bean et qu'elle me punisse.

Elle n'était pas fâchée, même si elle m'a répondu aussitôt de ne pas lui parler sur ce ton grossier.

– Dis « tais-toi » s'il le faut, mais n'emploie jamais cette expression.

– S'il te plaît, tais-toi, et arrête de parler tout le temps de mes familles d'accueil, ai-je dit en traînant mes sandales sur le gravier.

– J'espère que tu vas cirer ces souliers quand tu seras de retour à l'école, a dit Marion.

Puis, après une pause :

– Si je comprends bien, tu n'as pas aimé ces placements en famille ?

– Non !

– Et… tu ne veux plus recommencer ?

Je lui ai jeté un regard soupçonneux.

– Où veux-tu en venir ? On va me placer chez quelqu'un ?

J'étais prise de panique.

– Seulement si tu en as envie.

– Eh bien, non, je n'ai pas envie. Ça voudrait dire quitter Fairleigh ?

– Ce n'est peut-être pas une mauvaise idée. Tu es intelligente, Avril, même si tu as encore du retard à rattraper. Si tu allais dans un bon lycée, tu pourrais passer ton baccalauréat et…

– Et étudier l'histoire à l'université, oui, je sais. Sauf que je ne suis pas intelligente, je suis nulle dans des tas de matières.

– Sans compter que tu ne sembles pas particulièrement heureuse à Fairleigh. Tu n'as pas beaucoup d'amies, à part Suzette.

– Je n'ai pas besoin d'avoir des tonnes d'amies. Et puis je t'ai, toi. Si on me place dans une famille, je ne pourrais plus te voir le week-end, pas vrai ?

– Au contraire, tu me verrais encore plus souvent.

– Comment ça ?

Marion a eu un rire nerveux.

– Tu n'es peut-être pas si intelligente que ça, après tout, Avril. J'aimerais être ta mère adoptive.

Je l'ai dévisagée. Elle a soutenu mon regard.

– Tu trouves sans doute que c'est une idée ridicule. C'est possible. Après tout, je suis célibataire et bien trop vieille – mais j'ai eu une petite discussion avec les services sociaux et ils n'y voient pas d'obstacles insurmontables. Bien sûr, il vaudrait mieux que tu ailles dans une famille « normale », mais bon…

– Je ne veux pas d'une famille normale !

J'ai réfléchi, la tête me tournait. Je n'étais pas sûre non plus de vouloir habiter avec Marion. Comme professeur, elle était bien, parfaite comme amie – mais elle n'avait rien d'une mère. Et je ne me voyais pas du tout vivre sous le même toit qu'elle.

Elle se mordillait nerveusement la lèvre. C'était cruel de ma part de la faire attendre. Alors j'ai inspiré un grand coup.

– Merci beaucoup, c'est très gentil, ai-je dit poliment, comme si elle venait de m'offrir une tasse de thé.

J'ai fait un effort.

– Ce serait… merveilleux.

Marion a risqué un sourire.

– Oh, ça n'aura rien de merveilleux de vivre avec une vieille chouette comme moi. Je vais surveiller tes devoirs, je vais te faire la morale et je vais rouspéter si tu raccourcis ta jupe ou si tu forces sur le maquillage. Mais je crois que nous arriverons à nous entendre. En tout cas, j'ai très envie d'essayer. Bien sûr, je ne pourrai jamais remplacer une vraie mère, Avril, mais…

– Je ne veux pas que tu te conduises comme une vraie mère.

Après tout, j'avais encore une mère, même si j'ignorais tout d'elle. Et j'avais déjà eu suffisamment de mères adoptives pour en vouloir une autre, tant pis si ça devait être le titre officiel de Marion.

– Comment je vais t'appeler ? Maman, tatie ?

– A mon avis, tu devrais continuer à m'appeler Marion. Mais si tu n'es pas sage, on reviendra à Mlle Bean !

Il a fallu du temps pour tout régler. Marion a été obligée de suivre une formation spéciale. De mon côté, j'ai dû voir une nouvelle assistante sociale, Elaine. Il y a eu plein d'entretiens à mon sujet, presque tous dans mon dos.

– Pourquoi je ne peux pas y assister ? ai-je demandé à Elaine. C'est ma vie, après tout.

– Je sais, ça paraît idiot, Avril, mais c'est la règle, a-t-elle répondu, en jouant avec un petit lapin sur son bureau.

– Pourquoi ça prend autant de temps ? Marion veut me prendre chez elle et je suis d'accord. Alors qu'est-ce qui nous en empêche ?

– Je sais, c'est un vrai chemin de croix, mais nous sommes obligés de procéder étape par étape. Il faut vous préparer toutes les deux, réunir toutes les pièces du dossier...

J'ai eu soudain un pincement au cœur.

– Marion va voir tout ce qu'il y a sur moi dans mon dossier ?

– Je crois qu'elle l'a déjà vu.

– Je croyais que c'était personnel ! Autrement dit, elle est au courant pour les cambriolages avec Gina ?

– Oui.

– Et... elle sait aussi pour Pearl ?

– Oui.

– Et elle veut quand même me prendre ?

– Absolument.

Je me suis tue. Elaine a posé sa main sur la mienne.

– Marion comprend, Avril. Ne t'inquiète pas. Je ne pense pas qu'il y aura de problèmes. Une autre enfant dont je m'occupais vient d'être placée chez une femme célibataire et apparemment tout se passe bien. Je suis sûre que ça va marcher à merveille pour Marion et toi.

Ça a marché, en effet. A merveille, ce serait beaucoup dire.

J'ai quitté Fairleigh. Le dernier jour, toutes les élèves m'ont chanté une chanson pour me souhaiter bonne chance. Suzette a chanté une vieille comptine où il était question de sucettes : en fait elle a répété les cinq premiers mots jusqu'à ce que la musique s'arrête. J'ai ri aux éclats puis je me suis mise à pleurer et je ne pouvais plus m'arrêter. Je n'aimais pas beaucoup Fairleigh, mais j'y avais passé cinq ans de ma vie. Sans jamais y trouver tout à fait ma place, mais ça n'avait rien de nouveau. Je ne me sentais nulle part à ma place.

Je me demandais s'il en irait autrement auprès de Marion. J'avais ma chambre, murs bleus, rideaux à petites fleurs bleues et couette assortie. Elle m'avait même acheté une chemise de nuit bleue et une robe de chambre bleue à carreaux. J'aurais aimé un bleu plus soutenu, je préfère les pyjamas et je ne porte jamais de robe de chambre, mais j'ai fait de mon mieux pour paraître reconnaissante. J'ai même tenté de prendre Marion dans mes bras, mais je crois que nous avons eu trop longtemps une relation de professeur à élève : les gestes affectueux ne nous viennent pas spontanément.

Marion n'a même jamais essayé de me faire un bisou pour me souhaiter bonne nuit. Elle me tapote l'épaule puis me remonte la couette sous le menton. Je la repousse dès qu'elle est sortie de la pièce, car je déteste avoir quoi que ce soit près du visage. Si durant mon sommeil je m'enfouis sous la couverture, je me réveille toujours en panique.

Je suis peut-être restée plusieurs heures enfermée dans cette poubelle. Je ne me souviens pas comment c'était, bien sûr. Mais j'ai l'impression que si.

Me voilà arrivée. Je descends du train de banlieue, je prends le métro. Plus rien ne m'arrêtera maintenant. Je sais où je vais.

Il faut que je trouve cette fameuse pizzeria sur High Street. Si toutefois elle existe encore… Si c'est le cas, il est absurde d'imaginer qu'il y aura les mêmes poubelles dans la ruelle. Et encore plus fou d'imaginer que ma mère m'y attende.

Marion est presque aussi bien qu'une vraie mère. Elle s'est montrée si gentille avec moi. C'est cruel de ma part de la laisser se ronger les sangs à la maison, à se demander où je suis.

Oh, elle ne sera pas paniquée. Inquiète, oui, soucieuse comme un professeur quand une élève manque à l'appel après la récréation. Mais j'ai vu des mères qui avaient perdu leur enfant. J'ai vu l'angoisse ravager leur visage, j'ai entendu leurs cris hystériques. J'ai vu les mamans de Cathy et de Hannah le jour où l'autocar de l'école a eu une double crevaison et que nous sommes rentrées avec des heures de retard après une excursion au musée des Sciences. Marion, elle, avait l'air parfaitement sereine. Elle avait passé son temps à rassurer tout le monde, leur disant que les autocars de l'école tombaient toujours en panne et que nous allions bientôt arriver, saines et sauves.

Marion est un pilier, un bloc de certitude. Quand elle dit quelque chose, on peut la croire sur parole. Elle ne risque pas de me faire un coup en douce pour se débarrasser de moi. Il n'y a pas une once d'hypocrisie ou de méchanceté en elle. Elle est toujours là, fidèle au poste, quand on a besoin d'elle.

J'ai terriblement besoin d'elle.

Mais j'ai aussi besoin de ma maman.

Chapitre 16

La pizzeria Paolo est toujours là, au milieu de High Street, à l'angle d'une petite ruelle. A travers la vitre, je jette un œil sur les clients en train de manger leur pizza. Je ne vois pas de personne seule. Pas de femme qui regarde par la fenêtre, qui m'attend et me guette.

Je me dirige vers la ruelle.

Elle n'est pas là.

Je ne sais pas pourquoi je pleure. Évidemment qu'elle n'est pas là.

Je suis au bon endroit. Voilà la poubelle. Ce n'est pas une simple poubelle en fer-blanc comme

je me l'étais imaginée, mais plusieurs grosses
bennes à ordures sur roulettes, très laides et qui
sentent mauvais. Je ne sais pas s'il y avait une
vraie poubelle autrefois ou bien si les journalistes
ont enjolivé les choses parce que le bébé-benne à
ordures sonnait moins bien que le bébé-poubelle.
Je reste plantée là, le regard fixe, le souffle court.
Comment quelqu'un peut-il jeter un nouveau-né
dans cette fosse infecte et suintante ? J'ai imaginé
cet endroit des centaines de fois et je n'ai jamais
pensé à la puanteur.

Je devais empester quand ce garçon m'a récu-
pérée au milieu des détritus. Et pourtant il n'a pas
hésité à me glisser sous sa chemise. En tout cas,
c'est ce que les journaux ont dit. Mais c'était peut-
être juste pour pimenter un peu le récit.

C'est mon histoire et je ne sais pas ce qui est
inventé et ce qui est vrai. Moi-même, j'en ai imaginé une partie. J'ai l'impression de ne pas exister
réellement. Chacun s'est forgé une image différente de moi, et j'ignore ma véritable identité.

Pourquoi n'est-elle pas là ? Elle ne pense même
pas à moi le jour de mon anniversaire ? Elle ne se
demande jamais ce que je suis devenue ? Moi, j'ai
pensé à elle chaque jour de ma vie.

Elle s'en moque. Elle m'a donné naissance mais
elle m'a jetée aussitôt dans cette poubelle et elle
m'a chassée par la même occasion de son esprit.

Quelle sorte de mère peut se débarrasser ainsi de son bébé ? Elle ne vaut peut-être pas la peine que je la recherche. D'ailleurs, elle n'a aucune envie que je la retrouve, c'est évident. Elle m'a abandonnée sans un mot, sans le moindre vêtement pour me couvrir, pas même une couche-culotte.

Je donne un coup de poing dans la benne la plus proche. Ça fait très mal. Les articulations de mes doigts se mettent à saigner et je les suce. Quelqu'un a tagué des tas d'insultes sur les parois de la benne. Je les prononce à voix haute. Il y a aussi des chiffres. Une suite de chiffres. Quelqu'un a laissé un numéro de téléphone. Et il y a un message, de la même main : S'IL TE PLAIT, BÉBÉ, APPELLE.

Je le relis plusieurs fois.

Ce message m'est adressé.

Non, c'est absurde. Ça n'a rien à voir avec moi. Une fille ou un garçon doit se servir de cette allée pour donner des rendez-vous secrets. « Bébé » est un surnom affectueux assez courant. D'ailleurs, Grant appelait Hannah son « bébé ». Elle trouvait ça merveilleux. (Cathy et moi, de notre côté, nous trouvions que c'était un peu rabaissant, comme s'il ne pouvait même pas se souvenir de son prénom.)

Mais si ce « bébé » s'adressait à moi ? Elle n'a peut-être pas lu les articles des journaux, elle ne connaît pas mon prénom. Alors c'est le seul nom qu'elle puisse me donner : bébé. Son bébé. Et voilà son numéro de téléphone. Je n'ai plus qu'à l'appeler...

J'ai une livre en poche. Je pourrais téléphoner tout de suite.

Il faut aussi que j'appelle Marion. Je vais le faire. Quand j'aurai pris une décision. Je fouille dans ma poche et je tombe sur la carte de Tanya. Je note le numéro inscrit sur la benne, ainsi que le message. Il me paraît plus clair, écrit de ma main.

Je sors de l'allée, les jambes tremblantes. Je passe devant les clients de la pizzeria, je me dirige vers la cabine téléphonique au bout de la rue.

Il me suffit d'appeler ce numéro pour lui parler enfin.

Si je veux.

Bien sûr que je veux.

En fait, je n'en suis pas si sûre. J'ai le trac. Et si elle ne correspondait pas à mon attente ? Si elle était méchante, horrible ou stupide ? Quand je saurai à quoi elle ressemble, je ne pourrai plus l'imaginer à ma convenance. Ni lui inventer toutes sortes d'excuses lorsque je connaîtrai la véritable raison pour laquelle elle m'a jetée dans cette poubelle.

Pourtant, il faut que je l'appelle. Elle est assise chez elle, à attendre et à espérer. Chaque année, elle vient peut-être dans cette ruelle, derrière la pizzeria, au cas où. Si ça se trouve, elle essaie désespérément de me contacter depuis toujours. Elle est impatiente de nous voir enfin réunies. Je lui ai peut-être manqué autant qu'elle m'a manqué.

J'ai tellement envie de l'appeler.

Mais je suis morte de peur à l'idée de lui parler.

Je n'ai pas besoin de parler. Je peux juste composer le numéro et écouter. Entendre sa voix.

J'entre dans la cabine et je cherche ma pièce. Mes mains tremblent tellement que je la laisse échapper. Ça sent mauvais, l'urine. Je suis prise de nausées. Qu'est-ce que je fais ici ? Pourquoi ne pas rentrer tout de suite à la maison ? Téléphone au moins à Marion. Pour lui dire que je vais bien et que j'arrive bientôt.

Et si j'appelle ma vraie mère et qu'elle veut me récupérer ? Imaginons que nous nous rencontrions : nous tombons dans les bras l'une de l'autre, nous ne pouvons plus nous quitter. Qu'est-ce que je vais dire à Marion ?

Je ne peux pas lui téléphoner.

J'ai envie d'appeler quelqu'un d'autre pour lui demander conseil.

Est-ce que j'appelle Cathy ou Hannah ? Ce sont mes amies. Elles sont toujours là quand j'en ai besoin. Mais si je commence à leur raconter toute l'histoire, ça va durer une éternité – et puis elles n'y comprendront rien.

Je compose le numéro de Tanya. Elle répond dès la première sonnerie.

— Salut ! Ici Tanya, dit-elle, haletante.

— C'est moi, Tanya. Avril. Désolée, tu attendais un autre coup de fil ? Je te rappelle plus tard si tu veux.

— Non, non, ça va, je t'assure. Salut, Avril.

— Tanya, je ne sais pas quoi faire. J'ai un numéro de téléphone qui pourrait être celui de ma mère. Enfin, je me fais peut-être des idées. Mais j'ai peur d'essayer. Ça paraît idiot, non ?

— Un peu !

— Tu n'as jamais peur, toi ?

— Non ! Enfin, si, peut-être. Mais il faut savoir ce qu'on veut dans la vie.

— Je ne sais pas ce que je veux. Enfin, si c'est vraiment ma mère et qu'elle est gentille et qu'elle est contente de me retrouver, alors, bien sûr, c'est ça que je veux. Mais si elle n'est pas comme je l'imagine ? Si...

— Oh, arrête avec tes « si ». Téléphone-lui ! Et rappelle-moi tout de suite après pour me raconter comment ça s'est passé.

— Je n'aurai pas assez de monnaie. Je t'appellerai plus tard.

— Tu devrais vraiment prendre un portable.

— A qui le dis-tu !

– Le mien est super. Tu peux recevoir toutes sortes de messages, prendre deux appels en même temps, et tout.

– Génial.

Tanya pousse un soupir.

– Sauf que personne ne m'a encore jamais envoyé de message. Ni même appelé.

– Si. Moi. Et tu m'as bien aidée.

– Alors tu vas appeler ce numéro ?

– Oui.

– Ça va aller. Fais confiance à tatie Tanya. Je devrais ouvrir un de ces numéros d'écoute sur mon portable, genre SOS Amitié, tu ne crois pas ? Vas-y, Avril. Fonce.

Je lui dis au revoir. Le cadran lumineux indique qu'il me reste quarante cents. Je vais peut-être attendre de rentrer à la maison et lui téléphoner de là-bas ? Parce que je n'aurai le temps de rien dire.

Combien faut-il de temps pour dire « Allô, êtes-vous ma mère ? »

Pourquoi est-ce que je n'arrive pas à me jeter à l'eau ?

Je compose le numéro. Ça sonne une fois, deux fois, trois fois – et soudain quelqu'un décroche.

– Allô ?

Oh, mon Dieu. C'est une voix d'homme. Qu'est-ce que je fais maintenant ? Je déglutis. Les mots ne sortent pas.

– Allô ? répète-t-il.

Je ne suis pas obligée de répondre. Il me suffit de raccrocher.

– Ne raccrochez pas, dit-il rapidement, comme s'il avait lu dans mes pensées. Qui êtes-vous ?

– Vous… Vous ne savez pas qui je suis.

– Vous… Tu… Tu n'es pas le bébé ? Enfin, tu n'es plus un bébé, bien sûr. Mais es-tu la petite fille qui a été trouvée dans la poubelle ?

– Je ne suis pas une petite fille. J'ai quatorze ans.

– Quatorze ans aujourd'hui, dit-il. Joyeux anniversaire, Avril. Tu t'appelles toujours Avril, n'est-ce pas ?

– Oui. Comment le savez-vous ?

Puis, après une courte pause :

– Vous êtes mon papa ?

– Non ! Et pourtant, c'est bizarre, je t'ai toujours considérée un peu comme mon enfant. Oh, je n'arrive pas à croire que je suis en train de te parler. Je n'ai pas arrêté de penser à toi. J'ai essayé de te retrouver il y a des années, mais on m'a dit que tu avais été adoptée et je n'ai pas voulu raviver le passé et te compliquer la vie. Je ne savais pas ce qu'on t'avait raconté. Mais tu es forcément au courant pour la poubelle puisque tu as mon numéro.

– Alors vous êtes le garçon qui m'a trouvée ? Frankie ?

Je regarde le téléphone.

– Oh non, ça va couper et je n'ai plus d'argent.

– Attends. Appelle l'opératrice et dis-lui de me contacter en PCV.

J'entends les bip.

– Promets-moi que tu vas le faire, Avril ? Tout de suite ?

– Promis.

Et nous avons été coupés.

J'appelle l'opératrice. Je lui donne le numéro et bientôt nous reprenons notre conversation.

– Oh, merci, Avril ! J'ai attendu quatorze ans pour te trouver – je n'aurais pas supporté de te perdre maintenant ! Où es-tu ? On peut se voir ?

– Je suis dans la rue de la pizzeria Paolo.

– Alors on peut se rejoindre tout de suite ! Je suis à vingt minutes, une demi-heure en voiture. Ça ira ? On peut manger une pizza ensemble ?

– Oui, d'accord.

– Qui est avec toi ?

– Personne.

– Quoi ? Tu es là-bas toute seule ?

On dirait vraiment mon père.

– Je ne risque rien.

– Attends ! Et tes parents ? Ils savent où tu es ?

– Il y a ma mère adoptive et… Non, elle ne sait pas que je suis ici.

– Elle ne va pas s'inquiéter ?

Je ravale mes larmes.

– Si.

– Avril ? Ne pleure pas.

– Je ne l'ai pas encore appelée. Je comptais le faire mais je n'osais pas et maintenant…

– Écoute, voilà ce qu'on va faire. Tu l'appelles maintenant. Dis-lui où tu es. Dis-lui que je pars te rejoindre. Ensuite je te raccompagne jusqu'à chez toi, ou bien si ça l'ennuie, je reste avec toi à la pizzeria en attendant qu'elle vienne te chercher. Avril ? Tu as compris ?

– Je crois.

– Tu lui téléphones tout de suite, en PCV. D'accord ?

– Oui.

– Puis tu vas directement à la pizzeria et tu commandes un repas. Je paierai en arrivant.

– C'est… C'est gentil.

– J'ai tellement rêvé de ce moment-là ! Depuis que je t'ai glissée sous ma chemise…

– Vous avez vraiment fait ça, comme les journaux l'ont raconté ?

– Bien sûr. Tu n'avais pas de vêtement sur toi. Et tu grelottais. Il fallait que je te réchauffe.

– Alors ma mère ne m'avait même pas enveloppée dans un pull ou un châle ?

– J'ai l'impression qu'elle n'était pas préparée à ta venue au monde.

– Elle n'a rien laissé, pas un signe ?

– Non. Pendant des mois, j'ai gardé un œil sur ces poubelles, mais elle ne s'est jamais montrée. Et tous les 1er avril ou presque, je vais écrire un message là-bas. Ma femme dit que je suis un peu cinglé.

– Vous êtes marié ?

– Oui. J'ai deux petits garçons et le jour de leur naissance, je les ai tenus dans mes bras – et j'ai pensé à toi. Je voulais tellement te voir, pour être sûr que tu allais bien. Avril, est-ce que ça va bien ? Tu as dit que tu avais une mère adoptive ? Tu t'entends bien avec elle ?

– Oui. Mais elle va être en colère après moi.

– Téléphone-lui ! Et je vais te donner mon numéro de portable au cas où elle voudrait me joindre. Elle ne va peut-être pas aimer l'idée qu'on se rencontre.

– Mais vous m'avez sauvé la vie !

– N'exagérons rien. Un autre serait venu tôt ou tard. Mais je suis rudement content que ce soit moi. J'arrive aussi vite que possible. J'ai les cheveux noirs, je suis plutôt grand, j'aurai une chemise en jean...

– Je suis petite avec de longs cheveux blonds...

– Exactement comme je t'ai toujours imaginée ! Oh, il me tarde de te voir.

Je raccroche le combiné d'une main tremblante. Il est sincère. Il m'aime vraiment, bien que nous ne soyons pas parents.

Marion m'aime, elle aussi, bien que nous ne soyons pas parentes. J'ai menti tout à l'heure. Elle s'inquiète toujours pour moi, même quand je ne veux pas. Un rien suffit à la mettre dans tous ses états. Elle a fait tout un drame quand je me suis fait percer les oreilles : elle avait peur que les instruments ne soient pas bien stérilisés. Une fois, quand j'avais mal à la tête, elle m'a emmenée à l'hôpital juste pour vérifier que ça n'était pas une méningite. Et elle était morte d'inquiétude le jour où le car de l'école est tombé en panne. Elle faisait semblant d'être calme, de garder son sang-froid et son sens de l'organisation, mais elle avait tellement tiré sur les mailles de son pull rose qu'il a commencé à s'effilocher et elle ne l'a plus jamais porté.

Si ça ne tenait qu'à elle, Marion me prendrait dans ses bras. D'ailleurs, elle a essayé plusieurs fois. C'est moi qui me dérobe. Je ne veux pas la laisser trop s'approcher. Parce qu'elle n'est pas ma maman.

Je me suis si longtemps accrochée à cet espoir de retrouver un jour ma vraie maman. Maintenant, je n'y crois plus. De toute façon, elle n'a jamais été une vraie mère.

J'appelle l'opératrice, je lui donne le numéro de la maison. Elle demande à Marion si elle accepte l'appel en PCV. Et puis nous sommes en ligne toutes les deux. J'ai du mal à parler. Les sanglots m'étouffent.

– Oh, Marion, je suis désolée, pardon...

– Tu vas bien, Avril ?

Elle a l'air au bord de la crise de nerfs.

– Oui, je vais bien. Il m'est arrivé des choses incroyables aujourd'hui. Mais j'aurais dû t'appeler, je sais. Tu étais vraiment très très inquiète ?

– Bien sûr ! J'ai même appelé la police.

– Oh non ! Ils sont après moi ?

– Ils te cherchent, idiote. Pour te ramener à la maison. Où étais-tu passée ? J'ai appelé Cathy, Hannah et tout le monde... Même Elaine... Je lui ai parlé de notre dispute de ce matin.

– Pardon, Marion. J'ai été tellement méchante et ingrate. Elles sont très jolies, ces boucles d'oreille.

– Tu veux que je te dise ? Ce matin, j'ai craqué et je suis allée t'acheter un portable.

– Oh, Marion !

– Mais maintenant je ne suis pas sûre que je vais te le donner. Encore que je pourrai t'appeler à tout moment pour savoir où tu es. Tu m'as rendue folle aujourd'hui, Avril.

– Je suis désolée. Je ne l'ai pas fait exprès. Je n'arrêtais pas de penser au passé, à ma mère qui m'a jetée dans une poubelle et... Oh, Marion, tu ne devineras jamais !

Elle inspire un grand coup.

– Ta mère ? Tu ne l'as pas retrouvée ?

– Non. Mais j'ai trouvé Frankie, tu sais, celui qui m'a sortie de la poubelle.

Je lui explique qu'il vient me rejoindre à la pizzeria. Marion râle un bon coup, note son numéro de portable et dit qu'elle arrive aussi.

– Mais ça va te prendre des heures et puis tu as l'air épuisée.

– En effet !

– Je suis désolée, Marion.

– Tu vas l'être encore plus quand j'en aurai fini avec toi !

– Je parie que tu regrettes de m'avoir adoptée.

Je marque une pause.

– C'est pour ça que tu as appelé Elaine ? Tu veux te débarrasser de moi ?

– Oh, Avril ! Bien sûr que non ! Je t'aime.

– Je t'aime aussi.

Nous sommes toutes les deux en pleurs quand nous nous disons au revoir.

Je m'essuie les yeux, je me mouche et je me dirige vers la pizzeria. Je pense à ma mère il y a quatorze ans, titubant en ce même endroit, sur le point de me donner naissance. Cela me semble si flou et irréel.

Je ne sais pas si elle est telle que je l'imagine. Elle pourrait être n'importe quelle femme, n'importe où. Je pourrais m'asseoir à côté d'elle dans le bus ou la croiser dans un magasin et nous n'en saurions rien. C'est peut-être idiot d'accorder autant d'importance à la mère biologique, quand il n'y a que la naissance pour nous relier.

Bizarre, comme je l'ai aimée toutes ces années. J'aurais peut-être dû la haïr de m'avoir jetée dans cette poubelle. Je sais que je ne ferai jamais une chose pareille à mon bébé, quoi qu'il arrive. Je le garderai, je le serrerai dans mes bras et je l'aimerai de toutes mes forces.

Je n'ai pas de maman. Mais un jour je serai la mère de mon enfant.

Une vraie maman.

J'entre dans la pizzeria. Le serveur me sourit, m'indique une table et me demande si je suis seule.

J'hésite.

– C'est-à-dire… J'attends de la famille.

Et je termine par une renaissance.

— *C'est bizarre, Avril ! dit Frankie. J'ai l'impression qu'on se connaît déjà tous les deux.*

— *Je sais. Je ressens la même chose. C'est comme un rêve. J'imagine souvent des tas d'histoires. Surtout à propos de ma naissance.*

— *Eh bien, j'y étais, ou presque. Je vais tout te raconter. Je m'en souviens encore très bien parce que c'est la chose la plus incroyable qui me soit arrivée. Tu vois, mes deux petits garçons sont le soleil de ma vie mais, curieusement, je n'ai pas ressenti la même chose en les tenant dans mes bras. Il faut absolument que je te les présente. Ma femme aussi, bien sûr.*

— *Et tu vas faire la connaissance de Marion.*

— *Elle ne s'opposera pas à ce qu'on se revoie ?*

— *Oh, non.*

— *Et nous nous réunirons chaque année pour fêter ton anniversaire.*

Je hoche la tête avec enthousiasme. Je suis tellement heureuse – mais voilà que je pleure de nouveau.

— *Pardon, je suis incorrigible. Une vraie fontaine.*

— *Si tu n'avais pas pleuré quand tu étais coincée dans cette poubelle, je ne t'aurais jamais trouvée. Tes pleurs t'ont sauvé la vie, Avril.*

Puis il me prend la main et se met à me raconter en détail ce qui s'est passé le jour de ma naissance. A quoi je ressemblais, comment je pleurais, comment mes petits poings se refermaient sur son doigt. Grâce à lui, le bébé que j'étais se forge une identité. Un embryon d'histoire. Une nouvelle naissance.

JACQUELINE WILSON
L'AUTEUR

Jacqueline Wilson est née à Bath, en Angleterre, en 1945. Fille unique, elle se retrouvait souvent livrée à elle-même et s'inventait alors des histoires. Elle se souvient d'ailleurs, adolescente, avoir rempli des dizaines de cahiers. A seize ans, elle intègre une école de secrétariat quand elle repère une annonce dans un journal qui recherche une jeune journaliste et décide de tenter sa chance. Il s'agissait d'un groupe de presse qui lançait un magazine pour adolescentes auquel on donna son prénom, Jackie. Après son mariage et la naissance de leur fille, Emma, la famille s'installe à Kingston (Surrey) et Jacqueline Wilson travaille alors pour différents journaux. A vingt-quatre ans, elle écrit une série de romans policiers pour adultes puis se lance dans l'écriture de livres pour enfants, ce qui avait toujours été son rêve. Ses histoires, toujours pleines d'émotion, ont remporté de nombreux prix, et Jacqueline Wilson est aujourd'hui un auteur majeur de livres pour la jeunesse. Aux Éditions Gallimard Jeunesse, elle a déjà publié : *La double vie de Charlotte, A nous deux !, Maman, ma sœur et moi, A la semaine prochaine*, dans la collection Folio Junior et *Mon amie pour la vie* en livre hors-série.

NICK SHARRATT
L'ILLUSTRATEUR

Nick Sharratt, auteur-illustrateur de livres pour enfants est né à Londres en 1962. Il travaille pour la presse, l'édition et collabore à tous les livres de Jacqueline Wilson. Ses dessins, pleins d'humour et de fantaisie, s'harmonisent parfaitement au style de chacune de ses histoires.